Im Sog des Bösen

Es war im Sommer 1972, als in der Bundesrepublik Deutschland der Terrorismus herrschte. Frank Boltens und Tommy Hartmann saßen im Tirol-Express und waren auf dem Weg zu Studienzwecken nach Österreich, genauer gesagt nach St. Johann in Tirol. Es war kein schöner Tag, eher öde und regnerisch. Erst gegen Nachmittag öffnet sich wieder der Himmel. Die beiden schlummerten so vor sich hin und träumten von den Bergen. Sie waren noch nie in den Alpen. Allmählich wurde Frank wach und gähnte, während Tommy noch schnarchte, man konnte es deutlich hören. Frank trat ihn sanft vors Schienbein, er zuckte und er wurde wach. Er rieb sich die

Augen und gähnte ein paar Mal. Dabei sah er Frank an, der nur den Kopf schüttelte. Danach wurde die Stimmung der beiden von Minute zu Minute besser.

»Du Tommy, sieh mal nach draußen, die Sonne lacht!«, sagte Frank lächelnd.

»Ich wünschte, wir wären bereits da, ich kann nämlich nicht mehr sitzen.«, stöhnte er.

Sie redeten und redeten und plötzlich gab es einen heftigen Ruck, als der Zug stehen blieb.

»Was ist jetzt los?«, fragte Frank verwundert.

»Wird wohl ein Haltesignal sein.«, meinte Tommy.

In dem Moment sah Klaus kurz nach draußen und sprang vom Sitz auf.

»Sieh mal raus Tommy!«, sagte Frank aufgeregt.

»Wie, was, warum?«, fragte er verwundert.

Sie trauten ihren Augen nicht, was dort passierte. Plötzlich war der Zug von der Polizei umstellt. Nun hingen beide neugierig am Fenster und beobachteten gespannt wie es weiterging. Gerade als sie sich wieder hinsetzen wollten, ging die Tür auf und zwei Polizisten standen in ihrem Abteil. Sie konnten noch erkennen, dass im Gang noch einer mit einer MP stand. Den beiden war etwas mulmig in den Knien und sie sahen sich ängstlich an.

»Guten Tag meine Herren, Passkontrolle!«, sagte einer der beiden Beamten mit barscher Stimme.

Frank stotterte sich etwas in seinem Bart zusammen, dass aber Niemand verstand, so aufgeregt war er.

»Ja was ist denn eigentlich los?«, fragte Tommy aufgeregt.

Die Beamten wurden langsam ungeduldig.
»Nun geben sie schon ihre Pässe her!«, sagte einer der Beamten.
Mit zittriger Hand kramten sie nach ihren Pässen und übergaben sie dann. Sie sahen sich die beiden genau an, von oben bis unten. Nach einer Weile bekam Frank seinen Pass sofort wieder. Nur Tommy seinen sahen sie sich genauer an. Tommy stand da wie ein begossener Pudel. Er wurde kreidebleich und Frank fing schelmisch an zu grinsen. Das man ihn womöglich für einen Terroristen halten würde, dass hätte er in seinen kühnsten Träumen nicht gedacht.
»Siehst du Tommy, mit dir fällt man aber auch immer auf. »du würdest auch glatt als Terrorist durchgehen mit deinen langen Haaren und Vollbart.«

»Ja, ja, mach dich nur ruhig lustig über mich, in mach mir fast vor Angst in die Hose und du machst Witze.«

Es verging einige Zeit, bis er seinen Pass wiederbekam. Ihm viel ein Stein vom Herzen. Die Beamten wünschten den beiden noch eine angenehme Fahrt. Nun war Erleichterung bei Tommy zu spüren. Er war jetzt ziemlich entspannt und sah dabei aus dem Fenster.

»Du Frank, sieh mal nach draußen, mir scheint sie haben mehrere Personen verhaftet.«

»Mein Gott, dann haben wir ja Terroristen im Zug gehabt, dass hätte ich nicht gedacht. Wenn ich das zuhause erzähle, glaubt es mir keiner.«, sagte Frank.

»Dann kann es ja weitergehen!«, meinte Tommy.

Sie konnten nun nicht mehr sitzen und gingen den Gang im Zug hin und her. Zum ersten Mal sahen sie schon die ersten Gebirgszüge vor sich. Sie staunten nicht schlecht.

»Sieh mal Tommy, ist das nicht gigantisch, dass anzuschauen!«

Desto länger die Fahrt dauerte wurden ihre Gesichter vor Aufregung immer länger. Denn niemals zuvor hatten sie so etwas Gewaltiges gesehen. Nun trafen sie endlich nach langer Zeit und völlig übermüdet in St. Johann in Tirol ein. Mit wackeligen Beinen stiegen sie aus dem Zug.

Sie schnauften ein paar Mal kräftig nach Luft und streckten sich.

»Ist das nicht eine herrliche Luft, man schmeckt richtig die Alpenluft.«, meinte Frank.

»Ja, ja, du schmeckst mir auch, ja, es riecht nach frische, mehr aber auch nicht.

»lass uns lieber nach einer Unterkunft suchen.«, sagte Tommy mürrisch.

Sie sahen sich um und gingen die Hauptstraße entlang. Sie fragten in mehreren Hotels, aber es war kein Zimmer mehr frei.

»Verdammt, es muss doch noch ein Zimmer für uns geben. »das kann doch wohl nicht so schwer sein.«, meinte Frank. Sie fragten Passanten und hatten Glück, wir sollten in der Pension Winkler nachfragen, sie lag am anderen Ende der Straße. Dort sollten sie vielleicht Glück haben. Schnell machten sie sich auf den Weg. Nun standen sie vor der Tür. Sie traten hinein und staunten nicht schlecht, hier war alles im alten Stil. Weil sie keinen antrafen klopften sie an einer Tür im Gastraum.

Schon öffnete sich die Tür und die Wirtin Frau Winkler stand vor den beiden.

»Guten Abend meine Herren, ich bin Frau Winkler und sie sah die beiden dabei von oben bis unten an.«

Die beiden wusste erst gar nicht was sie sagen sollten.

»Guten Abend Frau Winkler, mein Name ist Frank Boltens und das ist mein Freund Tommy Hartmann, wir suchen noch ein Zimmer, ich hoffe sie haben noch eins frei!

»mein Freund sieht nur so furchterregend aus, aber er ist ganz harmlos!«

»Na ja, dann bin ich ja beruhigt, selbstverständlich ist noch ein Zimmer frei, allerdings ist es ein Doppelzimmer, aber es ist ziemlich groß.«

Dann übergab die Wirtin ihnen den Schlüssel. Sie erzählte noch das übliche, die sogenannten Verhaltensregelungen. Dann gingen sie auf ihr Zimmer und staunten nicht schlecht als sie das Zimmer betraten.

Ein Bett stand hinten am Fenster und das andere gleich hinterm Eingang.

Selbst ein Tisch und drei Sessel waren vorhanden, ganz elegant eingerichtet. Frank machte gleich das Fenster auf um Luft reinzulassen. Dann packten sie ihre Sachen aus.

»Wo willst du schlafen Tommy, vorne oder hinten!«

Frank hatte es noch nicht ausgesprochen und schon lag Tommy am Fenster im Bett.

»Na ja, dann wäre das ja geregelt.«

Es war schon sehr spät, sie wollten sich noch frisch machen und dann zu Bett gehen. Weil damals noch kein Bad in den Zimmern war, mussten sie auf den Gang gehen und einige Meter laufen, bis sie zum Bad kamen. Nachdem sie sich frisch gemacht hatten legten sie sich hin. Frank schlief sofort ein und Tommy konnte nicht schlafen, zu aufgekratzt war er. Er drehte sich von einer Seite auf die andere. Dann stand er auf und sah aus dem Fenster. Aus der Ferne hörte er Party Musik. Ihm zuckte es in den Beinen. Schnell zog er sich wieder an, dabei sah er noch kurz auf Frank, aber er wollte ihn nicht wieder wecken. So schlich er sich aus dem Zimmer und machte sich auf dem Weg zur Disco. Es war auch nicht weit von der Pension. Er wollte sich nach den Dorfschönen umsehen. Nun stand er vor der Disco, die sich Knight-Club-Tirol nannte. Ohrenbetäubender Lärm kam ihm entgegen. Dann öffnete er die Tür und trat hinein. Hier ging es mächtig rund und die meisten waren auf der Tanzfläche. Einige saßen am Tresen und tranken. Er sah sich um, da sah er in einer Ecke zwei hübsche Mädels sitzen. Sie schienen alleine zu sein. Er fasste sich ein Herz und ging mit seinem Scharm auf die beiden zu.

»Hallo, darf ich mich zu euch setzen!«

Die beiden Mädels sahen sich an und grinsten.

»Nimm Platz!«, sagte die eine.

»Darf ich mich vorstellen, ich bin der Tommy!«

»Ich bin die Sonja und ich die Vanessa!«

Und so lernten sie sich kennen. Sie schienen sich auf Anhieb gut zu verstehen.

»Wo kommt ihr her?«, fragte Tommy

»Ich komme aus Belgien!«, sagte Sonja.

»Ich komme aus Kopenhagen!«, sagte Vanessa.

»Und wir kommen aus Deutschland!», sagten Tommy und Frank gleichzeitig.

»Wo habt ihr beiden euch denn kennengelernt?«, fragte Tommy.

So fragten sie sich untereinander alles aus. Vanessa und Sonja haben sich in der Disco kennengelernt und waren beide Studentinnen. Sie sprachen beide sehr gut

Deutsch. Tommy war überglücklich solch eine Bekanntschaft gemacht zu haben. Sie tranken und tanzten, mach mal zu dritt und mit einem Glas in der Hand. Da viel ihm Frank plötzlich wieder ein.

»Mädels, ich habe ganz vergessen, dass ich mit einem Freund hier bin, soll ich ihn holen, unsere Pension ist nicht weit von hier.«

Da es schon sehr spät war, musste er sich beeilen. Sie waren nicht mehr ganz nüchtern.

»Warum hast du das nicht gleich gesagt, dass ihr zu zweit seid!?«, fragte Vanessa.

»Ich, ich habe ja nicht mehr an ihn gedacht, weil ich euch kennengelernt habe. »ich war wohl so aufgeregt.«, sagte er.

»Na dann hol ihn, wir warten hier so lange.«, meinte Sonja.

So schnell er konnte lief er zur Pension. Weil es schon um Mitternacht war, stolperte er die Treppen hinauf um Frank zu wecken. Hastig schloss er die Tür auf und stürmte hinein. Er rüttelte und schüttelte ihn. Er wollte erst gar nicht wach werden.

»He Frank, werde wach!«

»Was ist denn los, ich schlafe doch, warum schläfst du denn nicht!«

»Du hast schon geschlafen, ich wollte dich nicht wecken, ich bin noch in einer Disco und habe zwei nette Mädels kennengelernt. »steh jetzt auf, sie warten auf uns. »ich bin hier um dich zu holen. »nun komm schon!«

Nur allmählich wurde er wach, dann stand er endlich auf. Schnell zog er sich an und dann zogen die beiden los. Tommy war so aufgeregt endlich die Mädels wieder zu sehen. Die Mädels standen bereits vor der Disco und warteten schon.

»Da seid ihr ja endlich, dass hat ja eine Ewigkeit gedauert.«, sagte Vanessa.

»Nun sind wir ja da, darf ich euch meinen Freund Frank vorstellen!«

Dann stellte er Frank den Mädels vor. Frank schien richtig begeistert von den beiden Mädels gewesen zu sein.

»Freut mich euch kennen zu lernen!«, sagte er mit zittrigen Knien.

Sie tanzten und tranken bis der Morgen ergraute. Sie tauschten ihre Gemeinsamkeiten aus und ihre Vorlieben. Sonja war sehr schlank und hatte lange braune Haare, sowie einen sanften Blick. Sie hatte hellbraune Augen und immer ein schelmisches Lachen auf den Lippen. Vanessa war nicht ganz so schlank, eher etwas üppiger, aber nicht zu dick. Ihre Haare waren Schweden blond und gingen bis zum Hintern. Dazu noch hellblaue Augen und einen süßen Schmollmund. Als der junge Morgen erwachte, waren alle ziemlich müde. Sie konnten sich kaum noch auf ihren Beinen halten. So verabschiedeten sie sich. Jeder ging in seine Pension oder ins Hotel.

»Na Klaus, habe ich das nicht toll gemacht mit den Mädels.«, prahlte Tommy vor Freude und klopfte Frank auf die Schulter.

»Ja, ja, hast du, aber jetzt bin ich Müde und möchte nur noch schlafen.«

Und so begaben sich die beiden in ihre Pension und schliefen sich erst einmal richtig aus. Am Morgen, na ja es war bereits 14.00 Uhr als sie aufwachten. Sie reckten und streckten sich. Bis Frank sich einen Ruck gab und sich aus dem Bett quälte. Nur Tommy kam nur sehr schwer aus dem Bett, kein Wunder, er war ja auch am längsten wach. Ihm steckte noch die schöne Nacht in den Knochen. Nun knurrte ihnen der Magen, sie hatten lange nichts mehr gegessen und wollten nun frühstücken. Als sie in den Frühstücksraum kamen, war bereits alles abgedeckt. Nun kam die Wirtin auf die beiden zu, sie schien ziemlich ärgerlich gewesen zu sein.

»Meine Herren, es gab einige Beschwerden von den anderen Gästen. Sie waren gestern Nacht ziemlich laut gewesen.»ich möchte, dass das nicht wieder vorkommt«, sagte sie mit barscher Stimme.

Sie versprachen ihr, dass sie sich ruhiger verhalten werden.

»Aber ich bereite ihnen noch ein Frühstück zu, sie müssen ja eine wilde Nacht gehabt haben, so wie sie aussehen!«

Die beiden sahen sich an und schämten sich ein wenig. Dann ließen sie sich das verspätete Frühstück schmecken. Danach fühlten sie sich schon wohler und gingen danach auf ihr Zimmer.

»Du Tommy, hast du überhaupt einen Zeitpunkt ausgemacht wann wir uns mit den Mädels wieder treffen werden?«

»Oh Gott, das habe ich glatt vergessen zu fragen, ich weiß noch nicht einmal wo sie wohnen, ich weiß nur so viel, dass wir uns heute Nachmittag wieder treffen wollten.«

»Wir werden sie schon wiederfinden.«, meinte Frank.

»Wir wollten uns zusammen die Gegend anschauen, das habe ich noch behalten.«, sagte Tommy.

Unterdessen machte Frank das Fenster weit auf und ließ die frische Luft herein. Er lehnte sich aus dem Fenster und atmete kräftig durch. So gammelten sie noch ein bisschen herum und träumten von den Mädels. Nun war bereits der frühe

Nachmittag angebrochen und sie mussten sich langsam auf den Weg machen um die Mädels zu suchen.

»Heute ist wieder so ein herrlicher Tag, ich hätte Bock Schwimmen zu gehen.«, meinte Tommy spontan.

»Das ist schon toll, dein Vorschlag, wollen wir erst einmal abwarten, was die Mädels vorhaben, und außerdem müssen wir sie erst finden.«

»Die werden uns sicherlich auch suchen.«, antwortete Tommy.

»Lass uns langsam losgehen und sie suchen.«, meinte Frank.

Wir werden sie schon finden!«, antwortete Tommy.

So zogen sie los. Etwas besorgt, sie nun doch nicht zu finden kam bei den beiden erst gar nicht in Frage. Sie suchten die Straßen ab und fragten in Hotels nach ihnen. Tommy hatte schon Schweißperlen auf der Stirn und Frank wurde langsam nervös.

»So groß ist doch der Ort nicht, irgendwo müssen sie doch sein.«, meinte Tommy.

Sie liefen und liefen, schließlich kamen sie an einem Bach, nahe des kleinen Sportflughafens. Völlig verschwitzt sahen sie endlich die beiden auf sie zukommen.

»Wir suchen euch schon eine ganze Zeit!«, rief Vanessa den beiden entgegen.

»Wir suchen euch auch schon länger!«, antwortete Frank.

Dann lagen sie sich in den Armen und waren überglücklich sich nun gefunden zu haben. Sie redeten und redeten.

»Wollen wir nun nicht endlich weiter gegen, wir quatschen und quatschen, lass uns etwas unternehmen.«, fragte Sonja,

So zogen sie los. Frank und Tommy erzählten den beiden, dass sie unbedingt den wilden Kaiser erklimmen wollten.

Frank war ein sportlicher Typ. In seiner Art manchmal ein wenig ironisch, aber sonst ganz nett. Tommy hingegen war eher ein ängstlicher Typ. Er liebte das klettern nicht so sehr. Er war aber ein leidenschaftlicher Tänzer und ging viel lieber in Discotheken. Die Mädels waren ganz begeistert von dem Vorhaben. Frank erzählte, dass er schon Erfahrung in Bergen gesammelt hatte. Da fing Tommy laut an zu lachen.
»Ha, ha, du und in den Bergen?»im Harz warst du, dass kannst du doch gar nicht mit den Alpen vergleichen.«, sagte Tommy.
»Ja, ich meine ja nur!«, antwortete er. »lasst uns lieber bummeln gehen!«
»Habt ihr Lust schwimmen zu gehen?«, meinte Tommy. » den Vorschlag habe ich Frank auch schon gemacht.«

Sie sahen sich alle vier an und zuckten ihre Schultern. Aber Vanessa und Sonja wollten nicht schwimmen gehen.

»Lasst uns lieber bummeln gehen!«, meinte Sonja.» wir gehen nur schnell in unser Hotel und ziehen uns um.«

Auf dem Weg zum Hotel plauderten sie noch ausgiebig über ihr Leben. Sie erzählten sich dies und das. Vanessa zum Beispiel, hatte des Öfteren Angstzustände, aber sie meinte, dass sie das in den Griff bekommen hätte. Sonja hingegen konnte sich überall durchsetzen, sie hatte überhaupt keine Probleme. Sie kam mit jedem aus. In dem Frank und Tommy die beiden ins Hotel brachten, warteten sie in der Hotellobby auf sie.

»Tommy, haben wir nicht Glück gehabt mit den beiden.»was Besseres hätte uns nicht passieren können.«

»Ja, da muss ich dir recht geben!«, schnalzte Frank seine Zunge.

Als die Mädels wiederkamen, konnten sich die beiden kaum einkriegen.

Sie sahen bezaubernd aus in ihren Miniröcken. Frank konnte natürlich das Lästern nicht lassen.

»Ihr seht ja richtig scharf aus!«, meinte er. »für das Outfit braucht ihr ja einen Waffenschein!«

»Tja, wenn die Figur stimmt, soll man es ruhig zeigen.«, konterte Sonja zurück.

Die vier überlegten lange, was sie mit dem angebrochenen Tag machen sollten. Der eine hatte den Vorschlag und der andere den Vorschlag. Schließlich wurden sie sich einig.

»Was haltet ihr davon, wenn wir doch schwimmen gehen.«, meinte Vanessa plötzlich und sah die drei dabei an. »wir haben nämlich unsere Badesachen dabei.«

»Und wir haben unsere Badehosen bereits an.«, erwiderte Frank und grinste dabei. »nun lasst uns endlich losgehen, oder wollt ihr hier Wurzeln schlagen.«

Sie brauchten nicht lange um zur Badeanstalt zu gelangen, sie war gleich um die Ecke. Fröhlich und ausgelassen gingen sie dort hin. Von draußen hörten sie bereits das Geschreie der Kinder. Als sie die Badeanstalt betraten, staunten sie nicht schlecht. Es war kaum noch ein Platz frei. Sie sahen sich nach einem Platz um und fanden auch einen.

»Seht ihr, dort hinten in der Ecke am Zaun ist noch etwas frei!«, rief Tommy ihnen zu. Frank und Sonja breiteten eine Decke aus und legten sich auch gleich darauf. Vanessa und Tommy taten es ebenfalls. Sie cremten sich gegenseitig Sonnenmilch auf die Haut, und ließen sich den Tag

genießen. Dabei redeten sie über dieses und jenes. Doch am allermeisten interessierten sie sich für das Wandern in den Bergen. Davon hatten sie am meisten geträumt. Gemeinsam beschlossen sie am nächsten Tag nach Ellmau zu wandern.
»Dort liegt zu Füßen Ellmaus der Wilde Kaiser.»der Berg sieht aus, als wäre er oberhalb abgebrochen.»ich werde euch mal etwas über den Berg erzählen.«, meinte Frank.
Alle hörten aufmerksam zu, bis Tommy es zu viel wurde.
»Oh nein, heute bitte nicht mehr, dass kannst du erzählen, wenn wir dort sind, heute wollen wir nicht mehr so viel quatschen, lass es gut sein!«, meinte Vanessa und hielt ihren Zeigefinger auf Frank seinen Mund.
»Na gut, wenn du meinst!«, erwiderte Frank.

Das schmeckte ihm überhaupt nicht, dass man ihn im Gespräch unterbrach. Er sah ein bisschen geknickt aus und eingeschnappt. Aber nach ein paar Minuten war alles wieder vergessen.

»Kommt, lasst uns schwimmen gehen und abkühlen, mir ist schon ganz heiß!«, meinte Tommy.

»Das ist die beste Idee, die du hast!«, meinte Sonja.

Und so sprangen sie ins kühle Nass. Sie planschten und warfen sich gegenseitig ins Wasser. Als sie genug vom Herumalbern hatten, legten sie sich wieder auf die Decke. Sie rieben sich gegenseitig trocken und genossen den Rest des Tages. Es wurde Abend und keiner wusste, was sie noch unternehmen sollten.

»Schlagt was vor, was wir heute noch machen wollen.«, fragte Vanessa.

Aber keiner hatte mehr so richtig Lust irgendwo hinzugehen. Sie sahen sich gegenseitig mit großen Augen an. Aber Vanessa gab nicht auf und munterte die anderen noch einmal auf.

»Na gut.«, antwortete Frank. »dann lasst uns doch wieder tanzen gehen, im Knight-Club-Tirol, dort ist es doch sehr schön.«

Nun waren sich wieder alle einig. Vanessa und Sonja packten ihre Sachen zusammen und gingen zu den Umkleidekabinen um sich umzuziehen. Frank und Tommy räumten inzwischen den Platz auf. Unterdessen in der Umkleidekabine redeten die Mädels über die Jungs. Sie waren beide nicht abgeneigt, dass mehr daraus werden könnte, als nur Freundschaft.

»Sag mal Vanessa, was hältst du von den beiden!«

»Ach, ich finde sie ganz nett, vor allem mag ich den Frank, der ist immer gut drauf, auch wenn er viel redet und manchmal beleidigend ist.»außerdem hat er immer ein Lächeln auf den Lippen.«

»Aber Tommy ist auch ganz nett, auch wenn er mir mit seinem Gerede manchmal auf die Nerven geht, aber das nehme ich gerne in Kauf.» ich mag seine schwarzen Haare und seinen Vollbart.«, meinte Sonja.

»Man könnte ja meinen, du bist bereits in ihn verknallt, so wie du ihn immer ansiehst.»aber mal ganz ehrlich Sonja, für wen würdest du dich entscheiden!«

»Wenn es nach mir gehen würde, ich würde Tommy sofort nehmen.»aber soweit ist es noch nicht.»schließlich haben die beiden auch noch ein Wort mitzureden.»wenn die Chemie stimmt, wird es schon klappen, ich bin ganz offensichtlich.«

Sie redeten noch lange über die beiden.

»Wo bleiben die beiden bloß, es kann doch nicht so lange dauern, dass bisschen umziehen.«, meinte Frank voller Ungeduld.

»Die werden schon ihre Gründe haben, sie werden wohl über uns ab lästern, was hättest du denn gedacht!«

»Ja, du hast ja recht, aber sag mal ehrlich, was denkst du über unsere neuen Eroberungen?«, fragte Frank.

»Ich finde Vanessa ganz toll und diese blauen Augen, außerdem hat sie eine üppige Figur, zwar nicht ganz so schlank wie Sonja. »aber sie hat wenigstens was in der Bluse und einen strammen Hintern.«

Frank hörte der Schwärmerei von Tommy aufmerksam zu.

»Na ja, wenn du meinst, dann sollst du auch Vanessa haben, ich finde Sonja auch ganz toll.«sie hat etwas Anschmiegsames an sich, was mich fasziniert.«sie ist ja auch super schlank und groß.

»Na ja, Hauptsache die Mädels sehen das genauso wie wir.«, sagte Frank.

Nun machten sie sich auf den Weg zu den Kabinen. Gerade angekommen, kamen ihnen die beiden auch schon entgegen.

»Na dann können wir ja losgehen!«, meinte Vanessa.

»Wir bringen nur noch unsere Sachen auf unser Zimmer, ihr könnt ja so lange vor dem Hotel warten, es dauert auch nicht lange.«, meinte Sonja.

»Wir bringen auch unsere Sachen aufs Zimmer und ziehen uns um. Am besten wir treffen uns vor der Disco.«, meinte Frank.

»Na gut!«, antwortete Vanessa, also in einer halben Stunde vor der Disco.

Schnell zogen sich die Jungs um und frisierten sich noch. Sie konnten es kaum erwarten die beiden wiederzusehen, so aufgeregt waren sie. Schnell polterten sie die Treppen hinunter und machten sich auf den Weg zur Disco. Die Mädels warteten bereits vor der Eingangstür. Sie winkten sich schon von weiten zu.

»Hübsch seht ihr aus, direkt zum Anbeißen!«, sagte Tommy in seiner scharmanten Art.

»Nun übertreibt mal nicht!«, erwiderte Sonja, »lasst uns endlich reingehen.«

Aber keiner traute sich den anderen anzufassen. Obwohl ihre Blicke alles sagten. Nun setzten sie sich an einem Tisch. Frank bestellte erst einmal vier Cocktails um in Stimmung zu kommen. Nachdem sie einige Cocktails getrunken hatten, fasste sich Frank ein Herz und forderte Vanessa zum Tanzen auf.

»Vanessa wollen wir tanzen?«

»Ja gerne!«

Ohne viele Worte begaben sie sich auf die Tanzfläche. Sie spielten gerade einen Song von Percy Sledge. (When a Man Loves a Women). Das war Frank sein Lieblings Song zur damaligen Zeit. Die beiden tanzten eng umschlungen. Zwischen ihnen passte kein Strohhalm mehr. Inzwischen waren auch Sonja und Tommy auf der Tanzfläche. Aber Frank hatte nur Augen für Vanessa. Anscheinend hatten sich die vier gefunden.

Hin und wieder tranken sie aus ihren Gläsern einen Schluck, aber dann waren sie wieder auf der Tanzfläche verschwunden. So ging es die ganze Nacht. Nun graute schon der junge Morgen und die vier verließen leicht angetrunken die Disco.

»Oh ist mir schlecht!«, klagte Vanessa und musste sich hinter einem Baum übergeben.

Frank war sehr besorgt um sie. Tommy und Sonja waren einigermaßen nüchtern, sie hatten nicht so viel getrunken wie Vanessa und Frank.

»Seit mir bitte nicht Böse!«, meinte Sonja, aber Vanessa muss ins Bett. »ich bringe sie auf unser Zimmer.«

»Sollen wir mitkommen!«, meinte Frank.

»Nein, geht ihr auch schlafen, ich mach das schon!«

Frank hatte ein ganz schlechtes Gewissen, so hatte er sich das nicht vorgestellt. Er gab sich die Schuld, dass es Vanessa schlecht ging. Aber Sonja vergab ihm.

»Es ist nicht deine Schuld, du brauchst dir keine Vorwürfe zu machen. »es ist alles in Ordnung.«

Vanessa war nun nicht mehr wahrnehmungsfähig, sie wollte nur noch ins Bett. Frank hakte sie ein und brachte sie noch vors Hotel und dann verabschiedeten sie sich. Nun hatten sie sich für den nächsten Tag einiges vorgenommen. Aber erst einmal wollten sie ausschlafen.

»So Sonja, dann sie mal zu, dass du sie ins Bett bekommst.«, lallte Frank, der auch nicht mehr ganz nüchtern war.

Flüchtig gaben sie sich noch einen letzten Kuss. Die Nacht war zu viel für die vier. Sie schliefen und schliefen und wachten erst am Nachmittag auf. Frank rekelte sich und pustete. Tommy wurde langsam wach und kroch gemächlich aus seinem Bett. Als Tommy zur Uhr sah, traute er seinen Augen nicht, es war bereits 16.00 Uhr. Er sah auf Frank, der sich etwas in seinem Bart säuselte, dass aber Niemand verstand. Tommy rüttelte ihn wach.

»He Frank, aufwachen, sieh mal zur Uhr!«
»Wie, was, was ist los?«
»Sie mal zur Uhr, wie spät es schon ist!«

»Mein Gott, dass darf doch nicht wahr sein, wir wollten doch heute unsere Große Wanderung machen, ich glaube, dass können wir wohl vergessen.«

»Was sollen nur die Mädels von uns denken?«, stotterte Tommy.

Unterdessen bei den Mädels. Sonja hatte eine Unruhige Zeit, Vanessa schnarchte die ganze Zeit. Sodass Sonja überhaupt nicht richtig schlafen konnte. Allmählich wurde sie wach.

»Oh Sonja, ist mir schlecht und einen dicken Kopf habe ich.«

»Ja, ja, ihr beide habt ja nicht genug bekommen, ihr habt selbst Schuld, wenn es euch schlecht geht. »ich glaube dem Frank geht es wohl nicht besser. »ihr wart ja nicht auseinander zu kriegen und konntet den Hals nicht voll bekommen.«

»Du hast ja recht, es kommt auch nicht wieder vor.«wie spät ist es eigentlich schon?«

»Es ist bereits nach 16.00 Uhr!«, sagte Sonja.

»Wir wollten doch heute unsere Wanderung machen, ich glaube das können wir vergessen.«wir müssen es auf Morgen verschieben!«

Vanessa sah sehr schlecht aus, sie zitterte ein wenig am ganzen Körper.

Sonja sah man an, dass sie ziemlich ärgerlich auf Vanessa war.

»Wie mag es wohl den Jungs gehen?«, fragte Vanessa.

Vanessa sah aus dem Fenster und stöhnte, wie schwül es doch war.

»Ich gehe erst einmal unter die Dusche und lass das kühle Nass auf meinen Körper prassen, vielleicht ist mir danach wohler.«, meinte sie.

Inzwischen hatten die Jungs geduscht und sich angezogen, anschließend wollten sie zu den Mädels. Nachdem auch Vanessa und Sonja geduscht hatten, zogen sie sich an und schminkten sich sorgfältig um den Jungs zu gefallen.

»Sag mal Sonja, habe ich zu dick Rouge aufgetragen?«

»Nein, du siehst toll aus, nicht zufiel und nicht zu wenig, gerade richtig so.«

»Und wie sehe ich aus, meinst du ich kann so gehen, ist mein Rock nicht zu kurz?«

»Nein, du siehst toll aus, dass wird Tommy gefallen!«

»Na dann können wir ja los, mal sehen was die beiden sich ausgedacht haben für den Rest des Tages.«, meinte Vanessa.

Als sie vorm Hotel standen, kamen die beiden auch schon auf sie zu. Alle vier nahmen sich gleich in die Arme.

»Na Frank, du siehst aber kaputt aus!«, meinte Vanessa.», hast du gestern etwa zu tief ins Glas geschaut?«

»Ha, ha, sieh sich mal an!«, konterte Frank zurück und alle fingen an zu lachen.«

»Ist das schwül heute, was wollen wir heute noch anstellen?«, fragte Sonja.

Sie überlegten hin und her. Keiner wusste so richtig was sie machen sollten. Obwohl sie alle noch sehr jung waren, steckte ihnen das schwüle Wetter doch in den Knochen. Tommy lockte noch einen raus. Er wirkte als ein zigster noch recht frisch.

»Wie wäre es, wenn wir heute Abend wieder in die Disco gehen?!«, fragte er ironisch und kriegte sich vor Lachen nicht mehr ein.

»Du spinnst wohl, hast du noch nicht genug von der letzten Nacht!«, erwiderte Vanessa.

»Seht ihr nicht, mir läuft schon das Wasser aus den Haaren.«, sagte Sonja und schüttelte sich dabei.

»Leute bleibt mal alle ganz locker!«, meinte Frank. »wir haben doch morgen unseren Wandertag, da müssen wir doch ausgeruht sein. »ich mach euch einen Vorschlag, wie wäre es, wenn wir ins Kino gehen?«

»Das ist die beste Idee, die du hast!«, erwiderte Vanessa.

Da waren sie sich wieder alle einig.

»Aber kein Liebesfilm!«, tönte Tommy.

»Soweit ich es gelesen habe läuft ein Action Film.«, erwiderte Vanessa.

Und so schlenderten sie los, sie kamen gerade richtig, denn der Vorspann hatte bereits angefangen. Im Kino war selbst nicht viel los, nur ein paar Leute saßen darin. Sie saßen ziemlich weit oben. Sie nahmen noch Popcorn und Coca-Cola mit.

Aber keiner der vier dachte auch nur daran den Film zu sehen Frank und Vanessa saßen zusammen und auch Tommy und Sonja. Sie hatten endlich zueinander gefunden. Frank und Vanessa sahen sich verliebt an und er nahm sie in den Arm. Ebenso Tommy mit Sonja. Sie knutschten und schmusten. Der Film war nun zur Nebensache geworden.

»Oh Vanessa, ich liebe dich, du bist die Liebe meines Lebens!«, sagte Frank und seine Hände zitterten.

»Pst… rede nicht so viel!«, antwortete sie und hielt ihren Finger auf seinen Mund, küss mich lieber weiter!«

Ihre Hände waren nun überall. Ihre Schamröte hatten sie inzwischen abgelegt, so lieb hatten sie sich. Bei Tommy und Sonja passierte das gleiche. Sie bekamen gar nicht mit, dass der Film inzwischen zu

Ende war. Da ertönte eine Stimme aus dem Hintergrund.

»Hallo Herrschaften, verlassen sie bitte das Kino!«, sagte eine Stimme.

Sie wussten erst gar nicht was los war, so waren sie miteinander beschäftigt. Nur allmählich begriffen sie, dass sie das Kino verlassen mussten. Frank erschrak und stand als erster auf, dann rüttelte er die anderen an.

»He Leute, wir müssen raus!«

Dann gingen sie eng umschlungen nach draußen. Alle waren sehr Müde. Frank hatte gedacht, dass er mit zu Vanessa aufs Zimmer konnte. Aber das war wohl nichts, so leicht machte sie es ihm nun doch nicht.

»Frank, sei mir bitte nicht böse, aber ich bin zu Müde und Sonja auch, wir sehen uns ja morgen sowieso.«

»Na gut, wenn du meinst, am liebsten würde ich dich nie wieder loslassen.«

Sie gab Frank noch einen dicken Kuss und Sonja den Tommy. Dann verabschiedeten sie sich schweren Herzens. Die Mädels gingen auf ihr Zimmer und die Jungs in ihre Pension. Unterwegs redeten sie über die Mädels.

»Vielleicht wird es ja was mit Vanessa und mir.«, meinte Frank.

»Träume weiter, treib es nicht gleich zu weit, sonst laufen sie uns doch noch davon. »wir müssen es langsam angehen.«

»Du hast ja recht, war auch nur so ein Gedanke von mir.«

Tommy seine Worte schmeckten Frank überhaupt nicht, er wäre am liebsten gleich in die Vollen gegangen. Aber er hörte auf seine Worte.

»Sag mal Tommy, mir tut unten alles so weh, was kann das sein?«

»Du hast dir dein Rohr verstaucht!«, antwortete er spontan.

»Du Blödmann, was kann man dagegen tun?«

»Zu einer anderen gehen!«

»Was Anderes fällt dir auch gar nicht ein, als so ein Blödsinn zu reden!«

Sie redeten noch viel dummes Zeug zusammen, bis sie endlich auf ihr Zimmer kamen. Im Vorraum kam die Wirtin Frau Winkler ihnen Wutentbrannt entgegen.

»Na meine Herren, hatten sie einen schönen Abend!«

Die beiden wussten erst gar nicht was los war.

»Wer von Ihnen hat ins Bett gepinkelt, dass Zimmermädchen musste es neu beziehen. »na Tommy, waren sie es etwa?«

Die Röte stand den beiden im Gesicht geschrieben. Tommy bekam immer die

Schuld. Frank war immer das Unschuldslamm. Dabei sahen sie sich vorwurfsvoll an und zuckten ihre Schultern.

»Frau Winkler, wenn das so gewesen ist, dann entschuldigen wir uns natürlich dafür, es wird auch nicht wieder vorkommen. »wenn ein Schaden entstanden ist, kommen wir natürlich dafür auf.«, antwortete Tommy.

Aber sie lachte schon wieder.

»Es kann ja mal passieren, in Zukunft gehen sie lieber auf die Toilette, meine Herren!«

So, nun hatten beide ihr Fett weg und so gingen sie auf ihr Zimmer.

Inzwischen legten sich auch die Mädels ins Bett und redeten noch über die Jungs.

»Ich glaube ich habe mich in Frank verliebt.«, meinte Vanessa und schnalzte ihre Zunge.

Sonja lag im Bett und verschränkte ihre Arme hinter ihren Kopf. Auch sie schien verliebt zu sein.

»Ach ja, ich glaube ich habe mich auch in den Tommy verliebt, aber wir müssen es langsam angehen, was meinst du Vanessa?«

»Ja, nicht zu überstürzen!«, antwortete sie.

Kaum hatte sie es ausgesprochen schliefen sie gleich ein. Als sie am Schlafen waren schwirrten ihnen wirre Gedanken durch den Kopf. Sonja zuckte im Schlaf und redete wirres Zeug, das Niemand verstand. Vanessa wurde von dem Wirrwarr was Sonja von sich gab wach. Sofort stand sie auf und rüttelte sie wach. Diese war so erschrocken, dass sie kerzengerade im Bett stand. Schweißgebadet und völlig durcheinander setzte sie sich wieder aufs Bett.

»Sonja, was ist los mit dir, du hast vielleicht wirres Zeug geredet!«

»Ja, ich weiß, ich muss erst einmal zu mir kommen. »ich habe ein Blödsinn geträumt. »nur erinnern kann ich mich nicht.«

»Komm, lass uns wieder schlafen, ich hoffe, dass ich wieder einschlafen kann.«, gab Sonja von sich und legte sich sofort hin und schlief auch gleich wieder ein.

Aber Vanessa konnte kaum noch schlafen, sie war so aufgekratzt und träumte nur von Frank. So ging es die ganze Nacht, bis der Morgen erwachte.

Inzwischen bei den Jungs. Beide konnten nicht einschlafen, sie waren so verliebt. Frank sein Herz schlug wie wild in der Brust, als ob es jeden Moment rausspringen würde.

»He Tommy, schläfst du schon?«

»Ich kann nicht schlafen, ich muss dauernd an Sonja denken, was mag sie wohl denken, ob sie auch nicht einschlafen kann? »ich glaube sie kann es auch nicht.«
»Ja, ja, diese Mädels, verdrehen uns den Kopf.«, sagte er noch und schlief ein.
Nun schliefen auch sie. Der junge morgen erwachte aus all seinen Träumen. Frank gähnte und Tommy wurde langsam wach.
»Ich stell mich mal unter die Dusche, vielleicht werde ich dann wach!«, meinte Frank.
»Ja, geh du nur duschen und ich setz mich erst mal auf die Toilette.«, sagte er im lächerlichen Ton.
Nachdem sie sich für die Mädchen schick gemacht hatten, sagte Frank plötzlich: »warum haben wir uns eigentlich so schick gemacht, wir wollen doch nur wandern gehen.«
»Ja, du hast recht, warum eigentlich!«

Schnell zogen sie sich wieder um und gingen zum Frühstück. Als sie fertig waren gingen sie zu den Mädels, die inzwischen auch schon fertig waren und warteten bereits auf die zwei.

»Haben wir alles zusammen!«, fragte Vanessa. »dann kann ja nichts mehr schiefgehen.

»Ich glaube ja, der Rucksack ist gepackt und Proviant habe ich auch dabei.«

Alle waren angespannt, sie waren alle ein wenig nervös, ja eher etwas zittrig. Dann kamen die Jungs und klopften an ihre Tür.

»Hallo ihr zwei!« rief Frank. »können wir hereinkommen?«

»Ja, kommt nur herein!«, antwortete Vanessa.

Sie waren so verliebt, als sie sich wiedersahen. Sie vielen sich gleich in die Arme und gaben sich einen Kuss.

»So Mädels, habt ihr alles zusammen?«, fragte Frank.

»Aber ja, dass war das erste was wir heute Morgen gemacht haben.«, antwortete Vanessa.

»Seht mal aus dem Fenster.«, meinte Tommy. »glaubt ihr, es gibt heute Regen?«

»Die paar Wolken, die können uns doch wohl nichts anhaben.«, erwiderte Sonja.

»Ich glaube, es gibt heute noch ein Unwetter, ich habe es im Urin!«, sagte Frank schelmisch.

Die drei sahen sich an und konnten sich kaum vor Lachen bremsen.

»Du nun wieder!«, antwortete Vanessa und schüttelte ihren Kopf.

Die vier waren sich nun nicht mehr so schlüssig doch aufzubrechen.

»Aber warum sollen wir nicht wandern gehen!«, meinte Sonja.

»Wir können doch jederzeit wieder umkehren!«, meinte Frank.

»Ja, du hast recht, lasst uns aufbrechen!«, sagte Tommy spontan.

Habt ihr schon gefrühstückt?«, meinte Vanessa.

»Ja das haben wir!«, sagte Tommy mit großen Augen.

»Wir haben ja nicht gewusst, dass wir zusammen frühstücken wollen.«, antwortete Frank.

»Aber, wenn ihr wollt, können wir das trotzdem, ich trinke gerne noch eine Tasse Kaffee.«, erwiderte Tommy.

»Ja, aber wo wollen wir denn überhaupt frühstücken?«, fragte Vanessa.

»Lasst uns doch in den holländischen Kakao Stuben frühstücken, da sind wir gestern vorbeigegangen.«, meinte Sonja.

Nun waren sich alle wieder einig und so verließen sie das Hotel.

»Was ist mit unserer Wanderausrüstung, nehmen wir sie gleich mit?«, fragte Vanessa.

»Natürlich nehmen wir sie mit, meinst du, wir kommen hier noch einmal her!«, sagte Frank ironisch.

»Ist ja gut, ich meinte doch nur, du musst nicht gleich wieder ironisch werden!«

»Nun streitet euch nicht gleich wieder!«, meinte Sonja.

Es war sehr schwül an diesem Tag. Das Wasser triefte ihnen bereits aus den Haaren.

»Na, dass kann ja heute lustig werden.«, sagte Sonja und sah dabei in den Himmel.

»Na und!«, meinte Tommy», nun lasst uns doch erst einmal frühstücken!«

So zogen sie los und trafen in den Kakao Stuben ein, dort war es schön kühl. Nachdem sie sich abgekühlt hatten und mit dem Frühstück fertig waren, packten sie ihre Sachen zusammen.

»Habt ihr alles bei euch?«, fragte Frank.» nicht das euch unterwegs noch was einfällt.«

Frank war sehr besorgt, aber das brauchte er nicht, sie wussten alle, was auf sie zukommt.

»Mach dir keine Gedanken, ich glaube, wir haben alles im Griff.«, antwortete Tommy. So zogen sie los, sie sangen fröhliche Lieder und flöteten dazu. Noch war alles eben, manchmal sahen sie zu den Bergen hinüber. Die ersten Kilometer kamen sie noch gut voran. Doch dann wurde es immer schwerer. Wo es schon etwas bergauf ging war die Stimmung mitunter angespannt.

»Oh, ist das heiß!«, stöhnte Sonja und wischte sich dabei den Schweiß von der Stirn.

Ebenso machte Tommy auch nicht mehr den muntersten Eindruck.

»Wie weit ist es denn noch bis Ellmau!«, stöhnte Tommy mit leiser Stimme.

»Stell dich so blöd an, wir wandern höchstens noch eine Stunde.«, erwiderte Frank mit barscher Stimme.

Alle waren sehr angespannt, die Mädels bekamen kaum noch einen Fuß vor den anderen. Aber daran war wohl das Schwüle Wetter schuld. Immer wieder sahen sie zum Himmel. Irgendwas lag in der Luft. Als ob es doch ein Unwetter gab.

»Frank, lauf nicht so weit vor, wir kommen kaum noch mit, ich habe schon wunde Füße.«, schimpfe Vanessa zornig.

Frank drehte sich kurz um und winkte ab.

»Stell dich nicht so an, wenn du so weiter gehst kommen wir nie ans Ziel.«

Da meldete sich Sonja und sie war etwas genervt von Frank seiner Rücklosigkeit.

»Nimm bitte etwas Rücksicht auf uns und sei nicht so egoistisch!«, meinte Sonja.

»Ist ja schon gut, ich gehe etwas langsamer.«

Manchmal war Frank in seiner Art übereifrig, aber er meinte es nicht so.

Doch er konnte sein lästern nicht lassen.

Sie ließen Ellmau links liegen und wanderten am Rand des Wilden Kaisers. Schweiß durchtränkt blieben sie stehen und sahen zu den Bergen hinauf. Ein gewaltiges Bergmassiv stand ihnen entgegen. Die Berge sahen tatsächlich so aus, als ob sie abgebrochen waren.

»So, nun haben wir es geschafft, ist das nicht ein gewaltiges Bergmassiv!«, tönte Frank.

»Ja, gewaltig, ich kann schon das Unwetter riechen.«, meinte Tommy und lachte sich eins ins Fäustchen.

»Fängst du jetzt auch schon an zu lästern!«, antwortet Vanessa.

Nun setzten sie sich erst mal auf eine Bank, die am Wegesrand stand. Jeder nahm aus seinem Rucksack eine Flasche Mineralwasser. Frank goss etwas Wasser auf seinen Kopf und die anderen machten es nach.

Nachdem sie ausgiebig getrunken hatten, legten sie sich ins Gras und ließen die Seele baumeln.

»So, jetzt machen wir erst mal eine ausgiebige Pause.«, sagte Tommy.

Es wehte kein Lüftchen, alles war ruhig, nur in der Ferne hörte man die Rufe der Steinadler.

»Schaut mal in den Himmel, es wird immer dunkler und wir haben kein Regenzeug dabei. »wo wollen wir hin, wenn es an zu regnen fängt.«, jammerte Vanessa.

»Ach, wir werden es schon überstehen, wir finden bestimmt einen Unterschlupf, sonst rücken wir eng zusammen, so schützen wir uns.«, meinte Tommy.»

»Ja, wir sind ja schließlich nicht aus Zucker!«, rief Frank dazwischen.

Da fielen schon die ersten Regentropfen nieder. Ängstlich klammerten sich die Mädels an die Jungs.

»So eine Scheiße, ich habe es doch gewusst und jetzt fängt es auch noch an zu gießen.«, jammerte Vanessa.

Sie mussten sich schnell einen Unterschlupf suchen, sonst würden sie nass bis auf die Haut werden.

»Seht mal dort hinten ist ein kleiner Felsvorsprung, dort können wir uns unterstellen.«, meinte Frank.

Nun liefen sie los und setzten sich darunter. Da saßen sie nun, eng aneinandergereiht. Ihre Jacken stülpen sie

über ihre Köpfe. Der Himmel färbte sich schwarz. Eine gewisse Ruhe lag in der Luft. Kein Baum, kein Strauch bewegte sich. Es war absolute Ruhe. Dann wie aus dem nichts, funkelnde Blitze über den Bergen.
»Passt genau auf, jetzt könnt ihr gleich ein Schauspiel der Extraklasse sehen.«, sagte Frank aufgeregt.
Er versprach nicht zufiel. Die vier kuschelten sich eng an eng. Es entwickelte sich ein Wolkenspiel aus Graupelregen und Sturm. Sieben, acht und neun Blitze auf einmal zischten über dem Gebirge. Ein bizarres Spektakel. Ein Blitz schlug in einem Baum ein, es krachte nur so und dann brach der Baum auseinander, dass Feuer wurde sofort von dem Starkregen ausgeblasen. Graupeln so groß wie Kirschen prasselten auf die Erde nieder. Nun hatte die Schwüle ein Ende. Der Regen ließ nach und sie waren bis auf die

Haut mit Wasser durchtränkt. Nun fingen die Mädels an zu zittern und hatten die Nase voll.

»Ich habe es ja gleich gesagt, dass wir heute nicht wandern sollten, wir hätten uns einen anderen Tag aussuchen sollen.« sagte Vanessa zitternd.

»Ja, ja, jetzt bin ich wieder schuld, hackt nur wieder alle auf mich herum.«, erwiderte Frank.

»Nun streitet euch doch nicht dauernd, wir sind nun einmal hier, jetzt müssen wir auch damit klarkommen.«, meinte Sonja.

Nun wollten alle nachhause, sie zitterten am ganzen Körper. Nur Frank wollte es noch nicht wahrhaben. Er sah noch einmal auf die Berge.

»He Leute, seht noch einmal über die Berge!»ein gigantischer Regenbogen entwickelte sich über die Berge. »ist das nicht herrlich anzusehen, dass müsst ihr sehen!«

Aber keiner blickte zurück. Im Gegenteil, die Mädels keiften weiter.

»Frank, du hättest dich wenigstens nach einem anderen Unterschlupf umsehen können.«, wetterte Vanessa.

»Siehst du hier irgendeinen Unterschlupf!«, konterte er zurück.

»Ist ja gut!«, meinte Tommy daraufhin. »lasst uns das Beste daraus machen und nach Ellmau zurückkehren, dort gibt es bestimmt eine Buslinie, die uns nach St. Johann zurückbringt.«

Die Jungs zogen die Mädels fest an sich um sie zu wärmen, so gut es ging. Auf den ganzen Weg redeten sie nicht ein Wort miteinander. Endlich kamen sie an einer Bushaltestelle an. Sofort sah Frank auf die Abfahrtszeiten. Sie hatten Glück, der nächste Bus kam in 20 Minuten.

Inzwischen hatte der Regen aufgehört und die Sonne setzte sich mehr und mehr durch. Sie setzten sich nebeneinander auf eine Bank, die an der Bushaltestelle stand. Vanessa und Sonja wrangen ihre langen Haare aus und wollten sich abtrocknen. Vanessa hatte nämlich vorsichtshalber ein Handtuch eingesteckt. Allmählich redeten sie wieder miteinander.

»Ja, blöd gelaufen!«, meinte Vanessa.

Klaus schmiegte sich an Vanessa und küsste sie zärtlich.

»Komm her, ich trockne dir die Haare ab.«, sagte Frank spontan.

»Ja, das ist lieb von dir!«, antwortete sie.

Frank nahm das Handtuch und rubbelte ihre Haare durch und dasselbe machte Tommy mit Sonja. Nachdem sie sich alle abgetrocknet hatten, bekam Frank Hunger und alle machten Brotzeit. Inzwischen traf auch der Bus ein. Hinten auf der Bank war noch alles frei. Frank schmiegte sich an Vanessa und Tommy an Sonja. Sie redeten noch über dieses und jenes. Frank sah aus dem Fenster und entdeckte ein Plakat an einer Bushaltestelle.

»Hört mal zu, ich habe eben an der Bushaltestelle ein Plakat gesehen. Es findet in den nächsten Wochen in den Bergen, die Traditionelle Sonnwendfeier statt, das nennt man Feuer brennen. »das ist Tradition in den Bergen. Vom Tal aus, sieht man überall in den Bergen das Feuer. » ein wunderbares Spektakel. »es wird dabei gesungen und getrunken.«

Sie hörten Frank aufmerksam zu.

»Das hört sich ja gut an.«, meinte Vanessa. »da machen wir doch glatt mit, oder?«

»Na klar sind wir dabei!«, antwortete Tommy.

»Aber heute will ich nur noch schlafen.«, meinte Sonja. »alles andere können wir ja morgen besprechen.«

»Ja, aber das Bergsteigen holen wir doch nach?«, fragte Frank.

»Das müssen wir aber besser organisieren, nicht das uns wieder das gleiche passiert.«, meinte Vanessa.

»Ja, dann nehmen wir aber Zelte und Schlafsäcke mit.«, redete Sonja dazwischen.

Müde und erschöpft trafen sie wieder in St. Johann ein. Sie fragten sich auch nicht mehr untereinander, ob sie noch etwas am Abend unternehmen sollten. Die Jungs brachten die Mädels noch zum Hotel. Kurz umarmten sie sich noch und gaben sich einen flüchtigen Kuss, dann gingen sie auseinander.

»Das war vielleicht ein anstrengender Tag, den habe ich mir anders vorgestellt.«, stöhnte Vanessa.

»Wir sind halt eine Erfahrung reicher geworden, man sollte sich seinen Tag sorgfältig aussuchen und nicht einen Tag voller Überraschungen hinnehmen.«, erwiderte Sonja.

»Ich geh dann mal duschen!«, sagte Vanessa.

Nachdem sie geduscht hatte, stellte sich Sonja ebenfalls unter die Dusche. Anschließend wollten sie nur noch schlafen. Sie vielen nur noch so ins Bett und schliefen auch gleich ein. Aber es sollte für Vanessa eine unruhige Nacht werden. Immer wieder wurde sie von Alpträumen heimgesucht. Sie wälzte sich hin und her. Manchmal wachte sie schweißgebadet auf und redete wirres Zeug. Sie redete so laut, dass Sonja wach wurde. Sie sah zu ihr herüber, aber im Moment war alles ruhig und sie schlief wieder ein. In mitten der Nacht war plötzlich ein gepolter zu hören. Sonja erwachte und musste mit ansehen wie Vanessa versuchte aufzustehen, dabei viel ein Glas auf die Erde und zerbrach. Schnell sprang Sonja auf und schubste sie wieder ins Bett, sonst hätte sie womöglich noch in die Glasscherben getreten.

»He Vanessa, aufwachen, du hast geträumt, aufwachen!«

»Wie, wo, was ist los?«, murmelte sie.

Dann wurde sie wach, sie war sehr schwach, als ob sie viel Blut verloren hätte und sie zitterte am ganzen Körper. Sonja war sehr besorgt um sie und nahm sie in den Arm.

»Vanessa, was ist bloß los mit dir?«

»Ich weiß ja auch nicht, ich glaube meine Angst ist wieder zurückgekommen, ich habe vielleicht schlecht geträumt, ich kann mich aber auch irren. »willst du wissen was ich geträumt habe, dann wirst du anders denken.«

»Ja, erzähle es mir, vielleicht kann ich dir ja helfen!«

Sonja hielt sie ganz fest an sich und streichelte ihr Haar. Sie sah richtig fertig aus. Dann erzählte sie.

»Es war schon spät in der Nacht, ich kam von einer Feier, aber ich trank kein Alkohol. »ich muss mich irgendwie verfahren haben. »ich glaube ich befand mich auf einem Bauernhof wieder, ich stieg aus dem Wagen, weil ich noch Licht im Haus sah. »ich ging zur Tür und klopfte an, aber Niemand öffnete, komisch dachte ich. »nicht einmal ein Hund bellte. »alles war still, ich sah noch ins Fenster und klopfe an die Scheibe, aber es blieb ruhig. »langsam bekam ich es mit der Angst zu tun. »ich sah mich um, doch ich fand niemanden. »ich wollte nur noch weg von hier, schnell sprang ich ins Auto, aber als ich starten wollte, merkte ich, dass das Kabel durchgeschnitten war. »mir lief es eiskalt den Rücken runter und ich fing an zu zittern. »ich stieg aus den Wagen und rannte weg. »aber wo sollte ich hin, denn Jemand war hinter mir her und spielte mit mir. »ich spürte, dass mir etwas zustoßen würde. »mein Herz schlug in meiner Brust, als ob es herausspringen wollte. »meine Augen waren nun überall, auf einmal hörte ich eine leise Stimme aus der Ferne, als ob sie mir etwas sagen wollte. »mir war es so, als hörte ich meinen Namen rufen. »dass machte mich noch ängstlicher. »dann lief ich wohl in den Kuhstall, es roch jedenfalls danach. »aber es waren keine Kühe vorhanden, ich dachte in einer Ecke war ich sicher. »ich versteckte mich. »dann hörte ich Schritte auf mich zukommen, immer lauter und lauter. »ich wollte schreien, aber ich bekam kein Wort heraus. »ich wollte wieder weglaufen, auch das schaffte ich nicht. »ich dachte jeden Moment es ist vorbei. »gerade als ich aufstehen wollte, roch ich einen widerlichen Atem. »in dem Moment packte mich Jemand und warf mich zu Boden. »ich musste betäubt worden sein. »als ich wieder zu mir kam, befand ich mich in einem Raum wieder, es war dunkel, sodass ich kaum etwas sehen konnte. »ich war an einem Pfahl mit Ketten gefesselt worden. »ich hing praktisch in der Luft, sodass ich nicht den Boden erreichen konnte. »dann merkte ich erst, dass auch meine Beine gefesselt waren. »ich hatte keine Chance zu entkommen. »außerdem war mein Mund zugeklebt, sodass ich nicht reden konnte. »ich versuchte noch mich hin und her zu bewegen, aber auch das war vergebens. »ich hatte Todesangst. »ich konnte erkennen, dass vor mir eine Werkzeugbank stand und jede Menge Werkzeug darauf lag und an den Wänden auch. »ich begriff allmählich, dass es sich um Folterwerkzeuge handelte. »ich war auch vollkommen nackt. »ich wusste was mir wohl bevorstehen würde, welche Qualen ich aushalten sollte. »derjenige der mir das antun würde, war wohl ein Psychopath. »ich konnte kaum noch denken, ich wünschte, ich wäre bereits Tod. »dann wurde es etwas heller im Raum und ein Mann kam auf mich zu, er trug eine Kapuze, damit ich ihn wohl nicht erkennen sollte. »er stand mit einer Peitsche vor mir und strich sie mir unter die Nase und an meiner Brust. »er sagte nichts, dann betätschelte er mich. »mit der Hand strich er mich über meine

Vagina. »dann ließ er von mir ab und ging wieder. »ich glaubte, das war wohl erst der Anfang. »dann schaltete er das Licht ganz aus, sodass ich nichts mehr sah. »ich hörte noch wie eine Tür zuschlug. »die Stunden vergingen, dann kam er wieder und schaltete das Licht an. »dann stand er plötzlich mit einer Bohrmaschine vor mir. »er nahm seine Kapuze ab und ich sah sein Gesicht. »er hatte viele Narben im Gesicht und eine Glatze. »ein grauenhafter Mann, der vor mir stand. »sein Blick war verachtend, so kam es mir vor. »er hatte eiskalte Augen. »er riss er mir das Klebeband vom Mund. »ich fing anhusten und musste mich übergeben. »er stand vor mir und ich kotzte in mitten ins Gesicht. »vor Wut ohrfeigte er mich, ich glaube er hatte mir die Nase gebrochen. »ich bekam schon keine Luft mehr. »ich schrie ihn an und spuckte ihn an, aber das turnte ihn nur an. »gib mir etwas zu trinken!«, flehte ich ihn an.

»ich hole dir was zu trinken, dass wird dir schmecken!«

»Er kam mit einer Schale an, die er an meinem Mund hielt, ich fing fürchterlich an zu spucken. »aber was er mir gab, war Salzwasser.

»Du Schwein!«, schrie ich. »warum bringst du mich nicht gleich um, dann hast du es hinter dich. »mir tat der ganze Kopf weh, ich konnte schon überhaupt nicht mehr denken. »nein, noch nicht, ich will dich leiden sehen. »so schnell kommst du mir nicht davon. »dann riss er mich an den Haaren und schnitt sie mir ab.«

Plötzlich hörte sie auf zu erzählen und schluckte ein paar Mal.

»Was ist mit dir Vanessa, warum hörst du auf zu erzählen?», fragte Sonja.

»Ja, ich erzähle gleich weiter, bring mir bitte ein Glas Wasser!«

Dann holte Sonja ihr ein Glas Wasser, dass sie in einem Zug austrank.

»Ich erzähle weiter!«

»Dann fummelte er wieder an mir herum und steckte seine dicken Wurstfinger in meine Vagina, ich schrie vor Schmerzen, aber das geilte ihn nur auf. »dann ließ er von mir ab und hielt mir den Finger unter die Nase.«

»Ich komme gleich wieder, ich gehe nur essen, dann fick ich dich!»

»Bei dem Gedanken wurde mir schlecht und ich fing wieder an zu kotzen, obwohl schon nichts mehr im Leib hatte. »es verging einige Zeit, bis er wiederkam, er hatte das Licht angelassen, ich konnte in einer Ecke etwas liegen sehen, ich glaubte, es war eine Leiche. »bei dem Gedanken fing ich laut an zu schreien. »hier müssen ja grausige Dinge abgehen, dachte ich. »ich war fast schon besinnungslos und konnte kaum noch sehen, als er wieder vor mir stand.«

»Da bin ich wieder, freust du dich?

»Den letzten Speichel den ich noch im Mund hatte, spuckte ich ihm ins Gesicht.

»doch das machte ihm wenig aus, er wischte es nur kurz weg.

»nun fummelte er wieder an mir herum, ich konnte es kaum noch ertragen. »er drückte an meine Brüste herum, dann hob er sein Knie zwischen meine Beine. »das machte ihn richtig geil. »dann holte er seinen Penis heraus und drückte ihn in meine Vagina. »ich schrie vor Schmerzen und dabei hielt er mir den Mund zu. »als er endlich fertig war, schmierte er mir alles in den Mund. »es war so furchtbar. »dann ließ er endlich von mir. »ich dachte, er würde mich jetzt frei lassen, aber das war ein Irrtum, im Gegenteil. »ich konnte kaum noch meinen Kopf hochheben, da sah ich ihn am der Werkzeugbank stehen. »irgendetwas führte er im Schilde. »dann stand er plötzlich wieder vor mir mit einem Schweißbrenner.

»Ich werde dich jetzt mal verschönern!«, sagte er.

»Lass mich endlich in Ruhe, du Psychopath, du hast doch deinen Spaß gehabt, lass mich bitte gehen!«, flehte ich ihn an.

»Ja, ja, ich lass dich ja gleich gehen!«

»Dann legte er den Schweißbrenner wieder weg und kam mit einem Skalpell wieder. »ich dachte nun ist es soweit, dass er mich töten würde.

»er schlich um mich herum, dann bückte er sich und schnitt mir die Achillessehne durch. »ich wusste erst gar nicht wie mir geschah. »ich schrie so laut ich konnte, ich glaube meine Schreine waren Meilenweit zu hören. »dann machte er mich los und ich viel vor Schmerz zu Boden.«

»So, jetzt kannst du gehen!«

»Ich wollte aufstehen, aber ich viel wieder um. »ich versuchte noch zu kriechen. »aber vergebens. »dann packte er mich in den Haaren und zog mich zur Werkzeugbank. »dann hast du mich aufgeweckt und der Alptraum war vorbei. »es war furchtbar, so etwas zu träumen.«

»Mein Gott, dass hört sich ja furchtbar an, dass was du erzählst, dass ist ja richtig grausam. »du bist ja klatsch nass! »da komm ich ja sogar ins Schwitzen.«

Darauf musste Sonja erst mal ein Glas Wasser trinken.

»Ich habe dir ja schon erzählt, dass ich mal unter Verfolgungswahn litt. »ich habe bereits eine Therapie gemacht, aber das habe ich dir ja schon erzählt. »so Sonja, jetzt fühle ich mich wieder gut, Danke, dass du zugehört hast. »ich hoffe, du verstehst mich jetzt besser!«

»Ich verstehe dich sehr gut, aber lass uns jetzt schlafen, ich hoffe, dass du jetzt schläfst!«

Gegen morgen wachte Sonja als erstes auf und sie sah sofort auf Vanessa, die ruhig zu schlafen schien. Als Sonja beim Duschen war, wurde auch Vanessa wach.

»Ach, du bist schon wach?«, fragte Sonja. »hast du wenigstens schlafen können?«

»Aber ja, ich fühle mich wieder Top!«

»Weißt du was, lass uns spazieren gehen und die Jungs abholen, was meinst du dazu!«

»Ja gut, aber vorher dusche ich noch, danach können wir los.«

Bei den Jungs verlief die Nacht ziemlich ruhig und sie schliefen durch bis zum frühen Morgen. Die ersten Sonnenstrahlen fielen durch ihr Fenster. Das Wetter hatte sich beruhigt und es sollte wohl ein schöner Tag werden. Als erster wurde Frank wach und sah nach draußen. Schnell sprang er aus seinem Bett. Er öffnete das Fenster und ließ die Morgenfrische ins Zimmer. Er dachte dabei an Vanessa, ob sie auch so gut schlief, wie er. Er konnte es kaum abwarten sie wiederzusehen. Er sah zu Tommy, der auch allmählich wach wurde.

»Du Tommy, ob die Mädels auch schon wach sind?«

»Vielleicht, vielleicht auch nicht. »nun warte doch mal ab, sie werden sich schon melden. »jetzt sei nicht so nervös und lauf nicht immer hin und her. »du machst mich ganz nervös!«

Aber Frank winkte ab und ging zur Tür hinaus. Tommy rannte ihm hinterher.

»Aber wo willst du denn hin?«!

»Ich will zu meinem Mädchen!«

»Aber die schlafen bestimmt noch!«

»Das ist mir egal!«

Er kümmerte sich nicht weiter, was Tommy ihm hinterer rief und lief zum Hotel der Mädchen. Er sah von unten auf ihr Fenster, doch die Fenster waren verschlossen. Er rannte an der Rezeption vorbei und dann die Treppen hinauf. Ohne anzuklopfen wollte er zur Tür hinein, doch sie war verschlossen. Dann polterte er an ihrer Tür, aber es antwortete Niemand. Voller Frust verließ er nun wieder das Hotel. Inzwischen erschien auch Tommy vorm Hotel. Frank wäre ihm fast in die Arme gelaufen.

»Was ist mit dir, du bist ja völlig durcheinander, sind die beiden nicht da?«, fragte Tommy.

»Sie sind weg, ich weiß nicht wo sie sind, dass Zimmer ist abgeschlossen.«

»Beruhige dich doch, vielleicht konnten sie ja nicht schlafen und sie sind nur spazieren, warum regst du dich denn so auf?«

Allmählich beruhigte er sich wieder.

»Nun bleib mal ganz ruhig, die können ja nicht weit weg sein, wir waren ja schließlich verabredet. »es gibt sicherlich Gründe, für ihr verhalten, oder?«

»Na ja, vielleicht hast du ja recht!«, stammelte er traurig.

»Die werden sicherlich gleich wiederkommen.«, meinte Tommy.

Frank runzelte die Stirn und sah immer wieder auf seine Uhr. Die Zeit verging und von den Mädels keine Spur. Frank verstand die Welt nicht mehr, sie hatten sich doch so gut verstanden oder wollten sie nichts mehr mit ihnen zu tun haben. Das alles bildete er sich ein.

»Du Tommy, ob sie abgehauen sind wegen uns, waren wir vielleicht zu aufdringlich?« Tommy war ganz entsetzt von seinen Äußerungen.

»Du spinnst doch langsam, warum sollten sie das tun!«

»Ach, egal, war auch nur so ein Gedanke.« Aber Frank war den Tränen nahe, gerne hätte er Vanessa gesagt, dass er sie liebe. Sie saßen beide auf einer Bank, nahe des Hotels. Die Zeit verging. Langsam wurde es Tommy zu bunt, es schien wieder so ein herrlicher Tag zu werden.

»Frank, halt den Kopf hoch, dass ist ja nicht auszuhalten, wie du dich verhältst.

»wenn die nicht bald erscheinen, werde ich alleine was unternehmen oder willst du mit zum Schwimmen kommen?«

»Na ja, von mir aus, es hat ja auch keinen Zweck, hier hocken zu bleiben.«

Mit hängenden Köpfen verließen sie die Gegend und begaben sich zum Schwimmbad. Sie fanden ein schönes schattiges Plätzchen unter Bäumen. Es wurde wieder so ein heißer Tag. Vorsichtshalber hatte Tommy eine Decke mitgenommen, die er ausbreitete. Sie legten sich darauf und träumten von den Mädels. Manchmal schliefen sie ein. Schweißgebadet wachte Frank plötzlich auf, er dachte, dass Vanessa bei ihm wäre. Langsam wachte auch Tommy auf und sah auf Frank.

»He Frank, was ist mit dir, hast du schlecht geträumt oder warum schwitzt du so?«

»Ja, ich weiß auch nicht, ich habe geträumt, dass Vanessa bei mir wäre.«

»Oh Gott, du gehst mir langsam auf die Nerven, mit deinem ewigen Geziere.

»bleib doch mal locker, siehst du denn, dass ich mir Sorgen mache? »sieh dich doch mal um, hier laufen so viele Mädchen herum.«

»Ich will aber keine andere, ich will Vanessa!«

»Ja meinst du denn, ich will Sonja nicht mehr, aber wir können doch nicht die ganze Zeit nur an sie denken.« »komm lass uns ins Wasser gehen und abkühlen, dass wird dir guttun!«

Aber Frank winkte ab.

»Geh du nur, ich bleibe hier liegen und träume weiter.«

»Ach, du bist ja nicht mehr zu retten!«

So sprang Tommy ins kühle Nass und spielte mit anderen Wasserball. Inzwischen war es bereits am frühen Nachmittag. Frank sah immer wieder auf seine Uhr. Allmählich glaubten sie nicht mehr daran, Vanessa und Sonja je wiederzusehen. Gerade als sie ihre Sachen zusammenpacken wollten, trauten sie ihren Augen nicht. Da standen plötzlich und unerwartet, Vanessa und Sonja vor ihnen. Die beiden Jungs wussten erst gar nicht was sie sagen sollten.

»Ja, aber wo kommt ihr denn jetzt erst her, ich dachte wir waren verabredet!«, stammelte Klaus vor sich hin.

»Wir brauchten mal einen Vormittag für uns alleine, ohne euch. »es tut uns leid, euch versetzt zu haben. »bitte verzeiht uns.«, erklärte Vanessa den beiden.

»Ja, aber wo wart ihr dann, wir haben den halben Vormittag bei euch vorm Hotel gewartet.», fragte Tommy erbost.

»Wir haben so schlecht geschlafen und haben beschlossen zum Sportflughafen zu gehen, dort haben wir uns aufgehalten und uns mit einigen Piloten unterhalten. »ihr müsst da mal mit hinkommen.«, meinte Sonja.

»Ja, es war sehr interessant, mal eine andere Erfahrung gemacht zu haben. »die Piloten waren sehr nett und gaben uns sogar noch einen aus.«, erwiderte Vanessa.

Frank war natürlich gleich eifersüchtig.

»Ach, die gefallen euch wohl besser, als wir, oder?«, erwiderte Frank aufgeregt.

Vanessa ging auf Frank zu und nahm ihn in den Arm.

»Mach dir keine Gedanken, du gefällst mir so wie du bist!«

Nun war alles wieder in Ordnung. Am liebsten hätte er sie nicht wieder losgelassen.

»Ja und ich dachte ihr wollt nichts mehr mit uns zu tun haben.«, sagte Frank. »als ich heute Morgen vor eurer Tür stand und Niemand öffnete, hatte ich meine Zweifel, dass ihr vielleicht schon abgereist seid.«

»Aber warum sollten wir das tun, wir haben doch gar keinen Grund und wir wollten mal sehen, ob euch wirklich was an uns liegt.«, antwortete Vanessa.

»So haben wir uns eben entschieden, mal einen Vormittag für uns zu haben.«, meinte Sonja daraufhin.

»Na, dass habt ihr ja sauber hingekriegt!«, fluchte Frank und grinste sich eins.

»Ihr habt euch ja wirklich Sorgen um uns gemacht!«, strahlte Vanessa.

»Vergessen wir das ganze einfach.«, meinte Tommy.

»Aber sagt mal, woher wusstet ihr eigentlich, dass wir im Schwimmbad sind!«, fragte Frank.

»Ach, dass nennt man weibliche Intuition.«, antwortete Vanessa spontan.

Nun fingen alle an zu lachen.

»Lasst uns doch noch hierbleiben, es ist so schön heute!«, meinte Sonja.

Das ließen sie sich nicht zweimal sagen. Ruck zuck hatten sie ihre Klamotten vom Körper und sprangen ins kühle Nass. Sie plantschten und alberten wie kleine Kinder. Einer tauchte den anderen unter Wasser. Nach einer Weile hatten sie genug vom Wasser und legten sich auf die Decke. Es war bereits am späten Nachmittag und die Sonne stand senkrecht am Himmel und strahlte mit all ihre Kraft herunter. Verträumt lagen sie auf der Decke und ließen die Seele baumeln. Sie rekelten sich und streckten sich hin und her und Vanessa sah auf Frank und meinte: »Du Frank, würdest du mich eincremen?«

Einen Augenblick stutzte er, aber dann kniete er sich zu ihr hin.

»Machst du bitte mein Bikini Oberteil auf, dass auch am Verschluss Creme hinkommt.«

Frank fing leicht an zu zittern, aber dann massierte er ihr sanft den Rücken ein. Er legte ihr langes Haar zur Seite und gab ihr einen Kuss auf die Schulter. Ihm wurde ganz anders, als er ihr ihren nackten Rücken sah, so hatte er sie vorher noch nicht gesehen. Es schien ihr angenehm zu sein. Jedenfalls war sie nicht abgeneigt von dem Kuss. Sonja und Tommy turtelten ebenfalls herum. Nachdem Frank, Vanessa eingecremt hatte, macht er ihr Oberteil wieder zu. Er war sichtlich nervös und erregt. Er blieb auf dem Bauch liegen und streichelte sie zärtlich, dabei spielte er mit ihrem Haar.

»Du Vanessa, ich mag dich, ich glaube, ich habe mich in dich verliebt!«

»Ach, dass sagst du doch zu jeder, oder?«

»Nein wirklich, ich liebe dich!«

Mit großen Augen sah sie ihn an und eine Träne rollte über ihre Wangen. Dann streichelte sie ihn übers Gesicht.

»Frank, mit so etwas scherzt man nicht, meinst du es auch ehrlich, wir kennen uns doch kaum.«

»Ich mochte dich vom ersten Tag an, als wir uns das erste Mal sahen, ich weiß nicht, ob es dir genau so erging?«

»Ja, ich mag dich auch, sehr sogar, aber erst beim zweiten Blick. Ursprünglich war alles ganz anders. »eigentlich wollte ich den Tommy haben und Sonja dich.«

Als sie das sagte, brach in Frank eine Welt zusammen. Damit hatte er nicht gerechnet. Als sie ihm das erzählte hatte sie Tränen in den Augen. Sie nahm ihn in den Arm und schluchzte.

»Aber ich habe dich doch auch lieb, sehr sogar.«, sagte sie spontan.

Frank fiel ein Stein vom Herzen, als sie ihm das sagte. Er wischte ihre Tränen aus den Augen und gab ihr einen Kuss auf den Mund.

»Vanessa, das heißt, dass du mich auch liebst?«

»Ja, ich liebe dich!«

Plötzlich stand Tommy neben den liebenden.

»He, ihr Turteltauben, wenn ihr eure Jugenderinnerungen ausgetauscht habt, schlagt mal was vor, wo wir heute Abend hingehen können?«

Vanessa sah zu Sonja herüber, die ebenfalls sehr glücklich schien.

»Ja, was machen wir nur?«, antwortete Frank nachdenklich.

Frank runzelte seine Stirn und dachte nach.

»Aber nicht schon wieder in die Disco, da habe ich heute überhaupt keine Lust drauf.«

»Was dann?«, erwiderte Sonja.

Klaus schmiegte sich an Vanessa und hatte nur Augen für sie. Mit Frank und Vanessa war nun nicht mehr zu rechnen, sie schienen sehr verliebt zu sein.

»Ja, ja, ich merke schon, ihr möchtet wohl alleine sein, was!«, meinte Tommy.

»Wenn du mich schon so direkt fragst, ja!«

»Na gut, wenn du meinst, dann unternehme ich alleine was mit Sonja.«

»Na, klar, lass die beiden alleine!«, meinte Sonja.

So gingen sie aus dem Schwimmbad und von dort trennten sich ihre Wege. Inzwischen war es Abend geworden und die Sterne funkelten am Himmel. Eng umschlungen zogen sie los.

»Sie mal Vanessa, hast du das gesehen?«

»Was soll ich gesehen haben, ich habe nichts gesehen!«

»Na, die Sternschnuppe, schade, dass du sie nicht gesehen hast. »ich habe mir etwas gewünscht!«

»Was denn?!«, fragte sie neugierig.

»Das sage ich dir nicht!«

»Du bist gemein!«

So ging es eine Weile hin und her. Sie kitzelten sich und umarmten sich. Eng umschlungen gingen sie entlang der Promenade. Manchmal blieben sie im Laternenschein stehen und küssten sich. Im Mondschein sahen sie eine Bank und setzten sich darauf. Immer wenn er sie ansah, funkelten seine Augen wie Diamanten. Sie streichelte ihm übers Gesicht und presste ihre Lippen an die seinigen. Ihre Küsse wurden heftiger und heftiger. Ihre Hände waren nun überall.

»Oh Vanessa, ich liebe dich über alles, ich möchte mit dir schlafen!«

»Ich liebe dich auch!«, flüsterte sie ihm ins Ohr.

»Sieh mal rüber, dort hinten im Mondschein unter dem Baum, dort ist ein schönes Plätzchen.«

Schnell sprangen sie von der Bank hoch und legten sich ins weiche Moos. Irgendwo in der Ferne sang noch eine Nachtigall. Die Nacht war heiß und die Glut der beiden sprang herüber. Sie knutschte wie wild. Im Sitzen streifte sie ihn die Hose und Unterhose herunter, ohne sie auszuziehen. Er lag nun auf dem Rücken. Sie küsste sein Glied, seinen Bauch. Dann knöpfte er ihr liebevoll ihre Bluse auf und streichelte zärtlich ihren Busen und küsste ihre hart gewordenen Nippel. Er zog sie hoch und rutschte mit dem Rücken an dem Baum, damit sie sich auf ihn setzen konnte. Sie streifte ihr Höschen runter und schob ihr Kleid hoch und dann setzte sie sich auf seinen Schoß. Sie führte ihn gleich ein. Sanft drang er in ihr Weiblich Allerheiligstes inneres ein. Ihre Beine umschlungen seinen Rücken. Sie stieß ein Freudenschrei aus und kam auch gleich. Den beiden kam es wohl vor wie eine Symphonie voller Geigen. Noch nie hat ein Mann sie so zärtlich geliebt, wie er. Nachdem sie sich heiß und innig geliebt hatten, lagen sie beide völlig erschöpft auf dem Rücken.

»Oh, war das schön!«, schwärmte Frank und schnalzte seine Zunge.«

»Ich fand es auch wunderschön!«, seufzte Vanessa.

Sie sahen sich noch lange in die Augen, bis sie eng umschlungen einschliefen. Irgendwo war noch ein Kauz zu hören, der wohl seine Beute verspeiste. Die Nacht

war ruhig, kein Baum, kein Blatt bewegte sich. Gegen Morgen wachte Vanessa als erstes auf. Sie sah auf Frank, der noch tief und fest schlief. Liebevoll legte sie eine Decke auf seinen Körper und gab ihm einen Kuss. Die ersten Sonnenstrahlen fielen auf sie herab. Es sollte wohl wieder ein langer und heißer Tag werden. Sie legte sich wieder zu ihm und kuschelte mit ihm. Aber irgendwie hatte sie eine innere Unruhe, man sah es ihr an. Obwohl sie eine schöne Nacht hatten. Sie wusste nicht warum, denn zwischen den beiden lief doch alles sehr harmonisch. Sie war kurz vorm ein nicken, da schreckte sie auf einmal auf. Sie hörte im Unterholz ein lautes knacken. Es war so, als ob einer auf einen morschen Ast trat, der zerbrach. Das beunruhigte sie und rüttelte Frank wach.
»Frank wach auf, ich habe etwas gehört, da ist irgendetwas, ich habe ein lautes

knacken gehört, es kam aus dem Unterholz.«

»Ach süße, du hast nur geträumt, ich höre nichts!«

Aber sie ließ sich nicht beirren.

»Nein, nein, es war ganz deutlich, steh bitte auf und sieh mal nach!«

»Na gut, wenn du meinst!«

Noch halb am Schlafen, stand er auf und sah nach.

»Süße, da ist nichts, vielleicht war es irgendein Tier!«

»Frank, ich habe trotzdem Angst, lass uns von hier verschwinden! «

Schnell packten sie ihre Sachen zusammen und machten sich davon. Sie hatte sich nicht einmal Zeit gelassen ihren Slip anzuziehen und ihre Schuhe hielt sie in der Hand. Immer wieder sah sie sich um. Sie fühlte, dass etwas nicht stimmt. Ihr Herz fing an zu rasen, als wollte es aus ihre Brust springen. Frank versuchte sie immer wieder zu beruhigen.

»Vanessa, es ist Niemand zu sehen, wovor hast du Angst?«

»Ich werde das Gefühl nicht los, wir wurden beobachtet, vielleicht war es sogar ein Spanner, der uns beim Sex beobachtete.«

»Ach, das glaube ich nicht, wenn da Jemand gewesen wäre, hätte ich es doch bemerkt.«

»Ach du, du warst doch viel zu verliebt, du hättest gar nichts mitbekommen.«

Allmählich beruhigte sie sich wieder, aber den Gedanken wurde sie nicht los. Kopflos rannte sie davon, sodass Frank kaum hinterherkam. Er musste sich beeilen, um sie einzuholen.

»Vanessa, renne nicht so schnell, warte doch!«

Nun ging ihr die Puste aus. Sie blieb stehen und sah zu Frank, der angelaufen kam.

»Vanessa, was ist los mit dir, was hast du?«

Schnell umarmte er sie und drückte sie fest an sich.

»Ach, ich weiß auch nicht was los ist mit mir, ich habe eine innere Unruhe in mir.«

Sie schmiegte sich noch lange an ihm.

»Ach Frank, es war so schön mit dir, es tut mir so leid, dass ich mich verfolgt fühle, ich kann nichts dafür.« »ich war deswegen schon in Behandlung.«

»Ich bin ja bei dir, du brauchst keine Angst zu haben. Es war auch sehr schön mit dir, das müssen wir bald wiederholen.«

Sie schmunzelte, als er das sagte. Dann gingen sie weiter. Sie legte ihren Kopf auf seine Schulter. Hin und wieder blieben sie stehen und küssten sich. Verliebt sah sie ihn mit ihren hellen blauen Augen an. Als sie weitergingen, summte sie leise ein Lied, dass er aber nicht verstand. Es war auf Dänisch und handelte von der Liebe. Sie erzählte es ihm später. Vom fielen laufen, taten ihr langsam die Füße weh. Sie hatte immer noch ihre Schuhe in der Hand.

»Sag mal, willst du nicht langsam deine Schuhe anziehen!«

»Oh, an die habe ich gar nicht mehr gedacht!«

Schnell zog sie ihre Schuhe an. Beim Anziehen sah sie Frank über die Schulter. Plötzlich zuckte sie zusammen, als sie einen Schatten hinter einem Haus verschwinden sah.

»Frank, ich habe gerade einen Schatten hinter dem Haus dort hinten gesehen, dreh dich bitte mal um!«

Er drehte sich um, aber er sah nichts.

»Ich sehe mich mal um, bleib hier stehen!«

Er ging ein paar Schritte zurück und sah sich um, aber es war Niemand zu sehen.

»Vanessa, da ist nichts, du hast dir das nur eingebildet!«

Sie zitterte am ganzen Körper.

»Aber ich bin doch nicht blöd, ich habe mir das doch nicht eingebildet. Frank glaube es mir, komm lass uns schnell von hier verschwinden.«

Er packt sich vorm Kopf.

»Vanessa, Vanessa, du machst mir Angst!«

Er drückte sie ganz fest an sich. Dann gingen sie weiter. Inzwischen war es hell geworden und sie kamen am Hotel an. Sie sah Frank an und sie hatte ein Lächeln auf ihren Lippen. Aber das täuschte nur.

»Frank, ich bin so Müde, ich möchte nur noch schlafen. »sei mir bitte nicht Böse, wenn ich mich jetzt hinlege und dich alleine lasse.«wir sehen uns ja heute Nachmittag.«

»Ich bin dir überhaupt nicht Böse, geh du nur ruhig schlafen, ich komme alleine klar.»denk nicht zu viel nach, hörst du, vergiss alles!«

Sie sah ihn mit großen Augen an, als ob das alles so einfach wäre. Ihre Krankheit war wohl wieder ausgebrochen. Den Anschein hatte es. Dann verabschiedete sie sich von ihm.

»Ciao Frank, es war sehr schön mit dir!«

Sie streichelte ihn über seine Wangen, schnell wandte sie sich von ihm ab und verschwand im Hotel. Er rief ihr noch hinterher.

»Und mach dir keine Gedanken mehr, hörst du?«

Auf seine Worte reagierte sie nicht mehr. Das machte ihn sehr nachdenklich. Er drehte sich um und ging in seine Pension. Er dachte dabei an Tommy, ob er wohl auch eine schöne Nacht hatte?

Als er das Zimmer betrat, lag Tommy schlummernd in seinem Bett und schnarchte vor sich hin. Um ihn nicht aufzuwecken legte er sich leise auf sein Bett. Seine Augen strahlten vor Glück. Immer wieder dachte er an die Nacht mit Vanessa. Dabei gingen ihm viele Gedanken durch den Kopf. Ob sie wohl doch recht hatte und sie sich das doch nicht einbildete. Das sie vielleicht doch beobachtet wurden. Eventuell hatte Jemand es auf Vanessa abgesehen und derjenige eifersüchtig auf sie war. Aber er glaubte nicht so richtig daran. Dann drehte er sich um und schlief ein. Inzwischen war auch Vanessa auf ihrem Zimmer angekommen. Schnell schloss sie die Tür hinter sich ab und stellte sich mit dem

Rücken zur Tür. Sie stellte kurz das Licht an und sah sich um. Sie spürte die Angst im Nacken. Dicke Schweißperlen liefen ihr aus dem Gesicht. Sie wischte sich kurz übers Gesicht. Sie sah auf Sonja, die tief und fest schlummerte. Im kurzen Augenblick dachte sie an die schöne Nacht zurück. Sie ging zum Fenster und öffnete es. Sie lehnte sich kurz aus dem Fenster und schnappte ein paarmal kräftig nach Luft. Danach stellte sie sich unter die Dusche und ließ das prickelnde Wasser auf ihren Körper niederprasseln. Sie föhnte ihre Haare und legte sich aufs Bett und dachte nach. Wirre Gedanken spielten sich in ihrem Kopf ab. Wenn nun doch Jemand hinter ihr her wäre und es auf sie abgesehen hätte. Alles das bildete sie sich ein. Sie steigerte sich so weit hinein, dass sie dabei eingeschlafen war. Inzwischen wurde Sonja wach und sah auf Vanessa, die wahrscheinlich einen Alptraum hatte, zumindest hatte es den Anschein. Sie rekelte sich hin und her und redete wirres Zeug, das Niemand verstand. Nun wurde es Sonja zu bunt, sie stand vom Bett auf und ging zu ihr hin. Sie beugte sich über ihr und rüttelte sie wach.

»He Vanessa, wach auf, du hast einen schlechten Traum!«

Dicke Schweißperlen standen auf ihrem Gesicht. Dann wachte sie auf. Mit großen Augen sah sie Sonja an.

»Ich habe wohl wieder einen schlechten Traum gehabt, hinter mir war Jemand her und packte mich, es riss mich zu Boden und stürzte sich auf mich. »ich wollte schreien, aber ich konnte nicht, ich sah den Tod vor Augen.«

Immer wieder wischte sie sich den Schweiß aus ihrem Gesicht.

»Aber Vanessa, du hast mal wieder schlecht Geträumt, ich hole dir ein Glas Wasser!«

Nachdem sie getrunken hatte, ging es ihr allmählich besser. Doch die Gedanken schwirrten noch immer in ihrem Kopf herum. Sonja versuchte alles, sie auf andere Gedanken zu bringen. Sie setzte sich auf ihr Bett und nahm sie in den Arm. Vanessa schmiegte sich an ihr an.

»Nun erzähl doch mal, wie war eure Nacht, war es denn schön?«

Noch hüllte sie sich in Schweigen, aber dann öffnete sie ihre Lippen.

»Ach ja, es war ganz schön!«

»Erzähl, erzähl, lass dir doch nicht alles aus der Nase ziehen, habt ihr es getan oder nicht!«

»Ja, ja, wir haben es getan und ich bereue nichts. »wir liebten uns im weichen Moos, es war wunderschön!«

Sie ging noch ins Detail.

»Stopp, stopp Vanessa, so genau will ich nun auch nicht wissen!«

Plötzlich drehte Vanessa den Spieß um.

»Aber was habt ihr gemacht, hattet ihr auch eine schöne Nacht?«

Sonja verdrehte kurz ihre Augen, mit so einer Gegenfrage hatte sie so schnell nicht gerechnet. Sie wusste erst gar nicht, was sie sagen sollte. Eine leichte Röte stand auf ihrem Gesicht geschrieben.

»Nun erzähl schon, du kannst es mir ruhig erzählen, du brauchst dich nicht zu schämen, ich habe dir ja auch alles erzählt.«

»Ja, ist ja gut, wir waren erst tanzen und amüsierten uns. »wir haben auch etwas getrunken und geknutscht. »es fühlte sich sehr schön an. »ich dachte es müsse heute geschehen, wenn nicht heute, wann dann.

»eng umschlungen gingen wir auf unser

Zimmer, du warst ja nicht da. Also hatten wir sturmfreie Bude. »es war vielleicht nicht so romantisch wie bei euch, aber es war trotzdem schön. »wie du hörst, bin auch ich auf meine Kosten gekommen!«

»Also hat es auch bei euch gefunkt, ich gratuliere!«

»Aber nun erzähl mal Vanessa, was dich so quält, ich sehe es dir doch an. »hat es etwas mit deinem Traum zu tun!«

»Ja, ich kann mir nicht helfen, irgendetwas stimmt nicht mit mir. »als wir uns in Waldes Nähe liebten, kam es mir komisch vor, als hätte uns Jemand beobachtet. »ich hörte etwas im Unterholz knacken, als wenn Jemand auf einen morschen Ast trat. »es könnte aber auch ein Tier gewesen sein. »oh Gott, ich bilde mir das doch nicht ein.«

Sie fing bitterlich an zu weinen. Sonja versuchte sie zu trösten.

»Aber Vanessa, dass kann alles Mögliche gewesen sein, es war bestimmt nur ein Tier!«

»Ja, dasselbe meinte Frank ja auch.«, schluchzte sie. »aber dann, als wir Nachhause gingen und ich mich kurz umdrehte, sah ich einen Schatten hinter einem Haus verschwinden. »das kann ich mir doch nicht eingebildet haben, oder?«

»Wer weiß, was du gesehen hast, mach dir doch keine Gedanken. »was sagt denn Frank dazu?«

»Der sagt das gleiche wie du! »ich soll mir keinen Kopf machen und das ganze vergessen. »mehr sagte er nicht dazu. »weißt du Sonja, ich glaube ich werde verrückt!«

»Das wirst du nicht, das lasse ich nicht zu, ich beschütze dich und Frank tut das bestimmt auch. »hab keine Angst!«

Vanessa weinte bitterlich, so sehr hat sie das ganze mitgenommen. Sie saß auf ihrem Bett, die Arme hinterm Kopf verschränkt und sie sah Sonja traurig an. Sonja konnte es nicht mehr mit ansehen. Sie stand vom Bett auf und nahm sie in den Arm und tröstete sie. Vanessa wollte jetzt nur eins, zu Frank. Vanessa ging ins Bad und machte sich frisch, denn Frank sollte ja nichts mitbekommen.
»So Sonja, wollen wir los, ich bin bereit!
»aber erzähle bitte nichts!«
»Mach dir darüber keine Gedanken, ich kann schweigen!«
Inzwischen stand auch Frank auf, noch ein bisschen wackelig auf den Beinen. Man sah in die Müdigkeit von der letzten Nacht an. Immer wieder dachte er an Vanessa, ob sie wohl schlafen konnte. Er warf einen kurzen Blick auf Tommy, der immer noch schlummerte. Er hatte eben einen

gesunden Schlaf. Nun wurde es Frank zu bunt, er riss Tommy die Bettdecke vom Leib und rüttelte ihn wach.

»He Tommy, wach auf, du alte Schlafmütze!«

»Ja, ja, ich bin ja schon wach, aber warum musst du mich wecken, wir haben doch nichts zu versäumen, oder?«

Frank war total aufgeregt, seine Hände zitterten ein wenig. Im Stillen dachte er, wie kann man nur so lange schlafen.

»Frank, ich war erst heute Morgen um vier Uhr zuhause. »da wird es doch erlaubt sein, sich richtig auszuschlafen, oder?«

Gähnend saß Tommy auf dem Bettrand und wischte sich die Augen aus.

»Ja, ich war auch erst gegen morgen hier, aber ich konnte nicht schlafen. »ich war viel zu aufgeregt.«

Tommy sah Frank in die Augen und schmunzelte.

»Na Frank, du strahlst ja so, ich sehe es in deinen Augen, du musst ja wohl auch eine schöne Nacht gehabt haben, wie ich, oder?«

»Natürlich habe ich auch eine schöne Nacht gehabt, meinst du wir können das nicht! »Vanessa war spitze, ich will jetzt nicht genau ins Detail gehen. »aber so viel kann ich sagen, wir haben uns in einem kleinen Waldstück auf weichem Moos geliebt und soll ich dir sagen, es war riesig. »ich hatte noch nie so einen geilen Sex!«

»Wahnsinn, du Angeber!«

Tommy lachte sich schlapp über, dass was Frank erzählte.

»Auch wir hatten guten Sex, mein lieber Frank. »Sonja hatte mich mit aufs Zimmer genommen, auch wir liebten uns zärtlich und es war wunderschön.«

Als die beiden von ihren Mädels schwärmten, ahnte Tommy noch nichts von Vanessas unheimlicher Angst. Allmählich erzählte Frank, was Vanessa gehört oder gesehen haben will.

»Ach das glaube ich nicht Frank, dass hat sie sich bestimmt nur eingebildet. »du weißt doch, dass Frauen schnell übertreiben können. » wer soll euch beobachtet haben hier in den Bergen. »wenn es ein Spanner gewesen wäre, dann hätte er euch nicht verfolgt, der wäre schnell wieder verschwunden.«

»Du magst ja recht haben, aber Vanessa sieht das anders. »als wir vorm Hotel standen und uns verabschiedeten, habe ich ein leichtes zittern an ihr feststellen können und sie sah sehr traurig aus. »das beunruhigte mich.«

»Wir müssen auf sie aufpassen, dass sie nicht das Gefühl hat, wir lassen sie alleine.«, meinte Tommy.

Sie redeten und redeten und vergaßen dabei die Zeit. Frank sah kurz auf seine Armbanduhr und musste feststellen, dass es bereits 12.00 Uhr war.

»Oh je, schon so spät, sollten wir nicht längst die Mädels abgeholt haben.«, meinte Tommy.

Tommy hatte es kaum ausgesprochen und schon klopfte es an ihrer Tür. Klaus öffnete die Tür und schon standen die Mädels vor ihnen. Überglücklich lagen sie sich in den Armen.

»Vanessa, du siehst ja wieder gut aus, hast du denn schlafen können?«, fragte Frank.

»Ja, nein, nicht wirklich, ich musste unwillkürlich daran denken, was ich gestern gesehen habe oder nicht!«

»Ich habe sie getröstet!«, antwortete Sonja dazwischen.

Sonja strich ihr über die Wange und klopfte mit der Hand auf ihre Schulter.

»Ach lasst mich nur, ich will es ja verdrängen und nicht mehr daran denken.«

Aber man sah es Vanessa an, dass sie nicht glücklich war. Trotzdem versuchte sie damit klar zu kommen. Sie redeten und redeten.

»Ach, lasst uns doch von was Anderem reden, was wollen wir heute unternehmen!«, meinte Tommy.

Nun vergaß Vanessa all ihre Probleme. In ihr war wieder eine Fröhlichkeit zu spüren. Sie strahlte und sah dabei Frank tief in die Augen.

»Wolle wir zum Schwarzsee, der ist etwa zwölf Kilometer von hier entfernt. »wir müssen allerdings mit dem Zug dorthin fahren.«, meinte Frank.

»O ja, dass habe ich bereits im Prospekt gesehen, der ist ziemlich groß und es ist Schwarzwasser.«, antwortete Sonja. »dort können wir ein Ruderboot mieten und sogar Ball spielen.«

Alle waren sehr aufgeregt. Frank war mal wieder in seinem Element, er hörte überhaupt nicht auf zu reden, bis Sonja ihn bremste.

»Frank, komm wieder runter, sonst hängen wir den ganzen Tag hier herum.

»du redest uns ganz fusselig, du brauchst uns nichts über den See zu erzählen, das werden wir schon selbst sehen, wenn wir dort sind.«

»Das finde ich auch!«, meinte Tommy.

Vanessa schüttelte nur ihren Kopf und lachte. Von dem Vorschlag war keiner abgeneigt. Also beschlossen sie zum See zu fahren.

»Wie spät haben wir es jetzt!«, fragte Frank.

»Es ist gleich 12.00 Uhr.«, antwortete Sonja.

»Ich würde vorschlagen wir treffen uns 13.00 Uhr vorm Bahnhof.«, sagte daraufhin Sonja.

»Dann jogge ich vorher noch eine halbe Stunde, um mir den Frust abzuschütteln«, meinte Vanessa. »vielleicht geht es mir hinterher besser. »wer joggt mit?«

Dabei stieß sie auf taube Ohren, keiner der drei hatte Lust vorher noch zu joggen. Sie sahen sich alle drei an und staunten nicht schlecht über Vanessas Eifer. Sie schaute Frank an, der gar nicht so begeistert schaute, er ignorierte ihren Blick.

»Na gut, wenn keiner mit mir laufen will, dann laufe ich eben alleine.«

Frank packte sich vorm Kopf und konnte diese Entscheidung nicht fassen.

»Warum packst du dich vorm Kopf?«, fragte Vanessa. » ich bin ja nur eine halbe Stunde weg, ich bin ja gleich wieder da!«
»Mach was du für richtig hältst und sei bitte pünktlich am Bahnhof, sonst fahren wir alleine los.«
Frank war richtig ärgerlich, gerne hätte er sie bei sich gehabt.
Vanessa sah alle drei an, drehte sich um und ging zur Tür und hob ihre Hand und sagte: »Tschüss, bis später!«
Die drei sahen sich an und schüttelten ihre Köpfe, was war mit Vanessa los.
»Ich kann sie wohl verstehen, dass sie jetzt alleine sein will, nur so kann sie die Gedanken loswerden, um wieder frei im Kopf zu sein.«, meinte Sonja.
»Ja, schön und gut, dass sie das Erlebte verdrängen will, sie kann aber nicht von mir verlangen, dass ich mit ihr joggen soll.«, sagte Frank.

»Das verlangt sie ja auch nicht, lass ihr doch ihren Spaß.«, antwortete Tommy.

»Ja, aber hast du ihren Blick gesehen, wie sie mich ansah!«

»Aber Jungs, streitet euch nicht, sie wird schon wissen, was sie tut!« »Bis später!«, antwortete Sonja.

Die Jungs zuckten ihre Schultern, dann drehten sie sich um und verließen das Hotel.

»Was machen wir so lange!«, fragte Tommy.

Frank runzelte die Stirn und zuckte mit den Schultern. Aber ihm fiel ein, dass hinter ihrer Pension ein Garten mit Liegestühlen war, die für Gäste bestimmt waren.

»Komm Tommy, wir werden es uns gemütlich machen und ein wenig ruhen. »das ist im Moment alles was mir tun können. »ich habe auch keine Lust zum rumlaufen, oder etwa du?«

»Nein, ganz gewiss nicht!«

So legten sie sich auf die Liegestühle und ließen die Seele baumeln.

Inzwischen war Vanessa wieder auf ihrem Zimmer und machte sich zum Joggen bereit. Vorher sah sie sich noch die Wanderkarte an, welche Route sie einschlagen würde. Denn allzu lange durfte sie ja nicht wegbleiben. Nachdem sie ihre Route markiert hatte, band sie noch ihr langes Haar zu einem Pferdeschwanz zusammen. Sie sah noch kurz auf Sonja, die schmollte.

»Hör auf zu schmollen, ich bin ja bald wieder hier!«

Sie zog die Tür hinter sich zu und rannte los. Sie sah kurz zum Himmel, die Sonne stand fast senkrecht, es sollte wohl wieder sehr warm werden. Zum Schutz setzte sie ihre Sonnenbrille und Cappy auf. Ihr Weg führte an Wiesen und Feldern vorbei. Links und rechts grasten Kühe auf den Weiden. Hin und wieder blieb sie stehen, um zu verschnaufen. Der Weg führte sie weiter durchs Unterholz und über holprige Wege. Einmal rutschte sie aus, als sie über einen Stein stolperte. Dabei merkte sie nicht, dass ihre Wanderkarte aus ihrer Hosentasche fiel. Sie sah auf ihre Uhr, es wurde Zeit wieder umzukehren. Am Wegesrand lag ein Baumstumpf auf den sie sich setzte. Sie fasste sich in die Hosentasche und bemerkte, dass sie wohl ihre Karte verloren hatte.

»Ach du Scheiße, jetzt habe ich die Karte verloren. »ich weiß nicht, ob ich zurückfinden werde. »aber mir bleibt keine andere Wahl, doch vorher muss ich mich ein wenig ausruhen.«

Dicke Schweißperlen standen auf ihre Stirn. Hinter ihr stand ein Baum. Sie setzte sich ins Gras und mit dem Rücken zum Baum. Sie wollte sich nur ein wenig ausruhen, um neue Kraft zu tanken für den Rückweg. Die Sonne brannte unaufhörlich. Kein Luftzug war zu spüren. Dabei fielen langsam ihre Augen zu und sie döste vor sich hin, bis sie eingeschlafen war. Wirre Gedanken schossen ihr durch den Kopf. Ihr Atem wurde schwer und sie fiel auf die Seite. Durch die Seitenlage lief ihr Speichel aus dem Mund. Sie fing an zu husten und wurde plötzlich wach. Vollkommen durchnässt saß sie da. Sie raufte sich die Haare und sah sich um. Es war bereits Nachmittag geworden. Noch völlig benommen stand sie auf und wollte weiterlaufen. Aber das gelang ihr nicht, sie war noch nicht in der Lage zurückzulaufen. Ihre Knie zitterten und ihr Körper bebte.

Ihre Mimik sagte alles. Aber sie fasste all ihren Mut zusammen und lief los. Sie wusste, dass sie es nicht mehr rechtzeitig schaffen würde. Sie dachte sich, dann sollen sie eben warten oder alleine fahren. Unterdessen warteten die Jungs bereits am Bahnhof auf die Mädels.

»Frank, sieh mal auf die Uhr, es ist bereits 15.00 Uhr.«

»Ja, allmählich könnte sich die Mädels mal sehen lassen.»sonst waren sie immer überpünktlich.«

»Wir warten schon fast zwei Stunden, es wird mir langsam zu bunt, hoffentlich ist nichts passiert!«, meinte Frank.

Sie warteten und warteten, doch von den beiden keine Spur.

»Es ist bereits 16.00 Uhr.«, sagte Frank. «allmählich mach ich mir Sorgen!«

Die beiden liefen hin und her, als plötzlich Sonja angelaufen kam.

»Frank, dort hinten kommt Sonja angelaufen, aber ohne Vanessa. »da stimmt was nicht!«

Verschwitzt und völlig durcheinander stand sie vor den beiden. Ihre Mimik sagte alles. Ihr Herz klopfte laut.

»Beruhige dich, Sonja, was ist passiert?«, fragte Tommy.

»Ich weiß es nicht, sie ist nicht zurückgekommen, ich habe die ganze Zeit auf sie gewartet. «

»Aber was ist nur geschehen, dass ist doch nicht ihre Art, ich konnte mich immer auf sie verlassen.«, sagte Frank.

Er runzelte die Stirn und kratzte sich nachdenklich auf den Kopf. Ihm gingen viele Gedanken durch den Kopf. Sie war bereits mehrere Stunden fort.

»Nein, nein, das kann doch alles nicht wahr sein. Ich hätte ihr hinterherlaufen sollen, dann wäre sie jetzt bei mir. »ich mach mir große Vorwürfe, dass ich sie im Stich gelassen habe.«

»Aber das konnte keiner ahnen, dass etwas passiert sein könnte. »noch wissen wir gar nichts, wir können nur abwarten. »vielleicht hat sie sich ja verlaufen, sie ist bestimmt gleich hier.«, meinte Tommy. »aber den Schwarzsee können wir heute vergessen!«

»Nein, ich hätte mit ihr laufen sollen, ich habe sie im Stich gelassen«, erwiderte Sonja. »den Schwarzsee holen wir nach, der läuft uns ja nicht weg.

»Nun gebt euch nicht gegenseitig die Schuld, sie ist erwachsen, sie weiß, was sie tut!«, antwortete Tommy.

»Na, da bin ich mir nicht so sicher, dass mit dem erwachsen sein, aber Tommy, du hast ja recht!«

»Herum diskutieren bringt jetzt auch nichts, überlegt lieber was wir tun sollen, wo sollen wir suchen!«, sagte daraufhin Frank.

»Hört mal alle zu!«, sagte Tommy. »wir müssen rekonstruieren, welchen Weg sie eingeschlagen hat, ja welchen, es gehen mehrere Wege von der Stelle ab, wo sie gestartet war. »am besten wir teilen uns auf.«

»Tommy hat recht!«, meinte Sonja.«

Inzwischen verging die Zeit und sie diskutierten immer noch, bis sie sich endlich entschlossen haben sich aufzuteilen. Nun begann die Suche.

Unterdessen wachte Vanessa schweißgebadet auf.

»Ach du Scheiße, ich bin eingeschlafen, dass kann doch nicht wahr sein.«

Sie raufte sich die Haare und versuchte aufzustehen. Doch durch die Hitze war ihr schwindelig geworden. Sie fiel immer wieder hin und nur allmählich gelang es ihr aufzustehen. Sie stellte sich mit dem Rücken an einem Baum, der gleich hinter ihr stand um nachzudenken. Mit Tränen in den Augen versuchte sie sich an den Weg zu erinnern, von dem sie kam. Sie sah auf ihre Armbanduhr.

»O je, es ist ja schon nach 16.00 Uhr!«, nuschelte sie. »was mögen die anderen jetzt von mir denken, sie werden sich bestimmt schon Sorgen machen und nach mir suchen. Sie sah nach links und rechts, überall ging es steil bergab. Sie musste aufpassen, wo sie hintrat. Sie sah gen Himmel. Ein Steinadler kreiste seine Runden und hielt Ausschau nach Beute. Sie verdrehte ihre Augen und rannte los. Als sie ein paar hundert Meter gelaufen war, blieb sie stehen und sah sich um. Ihr kam es sehr merkwürdig vor.

»Komisch, hier bin ich doch nicht langgelaufen.«»verdammt, ich muss mich verlaufen haben!«

Sie sah sich nach allen Seiten um. Rechts ging ein schmaler Pfad geradewegs in die Tiefe. Nach links führte ein holpriger steiniger Weg ins Ungewisse. Geradeaus konnte sie auch nicht weiter, von dort ging es in die Tiefe. Das wollte sie nicht riskieren, also entschied sie sich für den linken steinigen Weg. Auf dem Weg knickte sie ein paar Mal um und fiel aufs Knie. Schmerz verzehrt fasste sie all ihren Mut zusammen und rannte weiter. Plötzlich blieb sie stehen und fasste sich an die Hüfte, sie hatte bereits Seitenstich bekommen und konnte nicht weiter. Es war aber auch Niemand in der Nähe, der ihr helfen konnte. Sie schrie nach Hilfe, aber außer einer Krähe war nichts zu hören. Nur die Bergdohlen flogen munter ihre Kreise. Ihre Hände und Knie waren bereits blutig vom fielen hinfallen. Völlig außer Atem und schweiß durchtränkt blieb sie zwischen den Steinen sitzen. Sie fing bitterlich an zu weinen. Ihr Gesicht war bereits rot angelaufen. Die Sonne brannte auf ihre Haut. Nur mit äußerster Mühe stand sie wieder auf und ging Schritt für Schritt weiter. Der holprige Weg führte sie in einen dunklen Nadelwald. Die Bäume waren so hoch und dicht gewachsen, sodass nie ein Sonnenstrahl den Boden berühren konnte. Sie blieb plötzlich stehen und sah sich um, ihr stockte der Atem und ihr Gesicht wurde kreidebleich. Sie hielt die Hand vorm Mund ihr Herz pochte, als ob es jeden Moment aus ihrer Brust herausspringen würde. Sie schritt zurück und prallte mit dem Rücken an einem Baum. Vor Entsetzen sah sie in unmittelbarer Nähe eine Gestalt hinter einem Baum verschwinden. Erstarrt und zitternd rutschte sie zu Boden. In ihrer Verzweiflung schrie sie.

»Was willst du von mir?«

Sie hielt sich die Hände vor den Augen und dachte, es würde ihre letzte Stunde sein. Ein leises Rauschen zog durch die Baumwipfel und es hörte sich an, als würde der Wind ein Lied singen. Sie hielt sich die Augen zu und auf einmal vollkommene Stille. Man konnte eine Tannennadel fallen hören. Langsam öffnete sie ihre Augen. Aber es war nichts zu sehen, die Vögel zwitscherten wieder und ein Waldkauz war zu hören. Langsam begann sie zu zweifeln an sich selbst.

»Sollte ich mir wieder nur alles eingebildet haben, aber ich bin doch nicht blöd! »ich habe doch alles gesehen!«

Langsam hatte sie ihren Schock überwunden und sie stand langsam wieder auf. Gerade als sie sich umdrehen wollte, huschten ein paar Rehe durchs Unterholz. Vor Schreck fasste sie sich ans Herz und pustete kräftig durch.

»Puh, habe ich mich erschrocken!«waren die Rehe vielleicht der Schatten, den ich sah?«

Sie dachte nicht mehr lange nach, sie wollte nur noch raus aus den Wald.

Unterdessen wuchs die Sorge der anderen, dass ihr eventuell etwas zugestoßen sein könnte. Es war bereits am späten Nachmittag. Sie wussten nicht mehr was sie machen sollten, von ihr nicht eine Spur. Auch die anderen haben die Suche bereits aufgegeben.

»Wir warten noch eine Stunde, wenn sie dann nicht hier ist, schalten wir die Polizei ein.«, meinte Frank mit ängstlicher Stimme.

»Aber die Polizei kümmert sich erst nach 24 Stunden um einen vermissten.«, erwiderte Sonja.

»Was können wir bloß tun?«, meinte Frank. »ich halte das lange Warten nicht mehr aus, ich mach mich auf die Suche nach ihr und wenn es die ganze Nacht dauert.«

»Beruhige dich doch!«, erwiderte Tommy. »es wird sich alles aufklären.«

»Und wenn nicht!?«

Tommy versuchte Frank zu beruhigen. Aber vergebens. Er ließ sich nicht beruhigen und winkte ab. Ohne etwas zu sagen, drehte er sich um und rannte ins Ungewisse los, Tommy und Sonja konnten ihm nur hinterher sehen. Dann war er in einer Kurve verschwunden. Sie sahen sich beide an und zuckten nur ihre Schultern.

»Ich verstehe ihn ja.«, meinte Tommy, aber wo will er sie denn suchen?

»weißt du was, Sonja, du bleibst hier und hältst die Stellung, ich werde ebenfalls nach ihr suchen. »vielleicht haben wir ja Glück sie zu finden.«

Viel Glück, rief Sonja ihm noch hinterher, aber er hörte es nicht mehr.

Inzwischen versuchte Vanessa aus dem dunklen Wald zu entkommen. Sie mobilisierte ihre letzten Kräfte und rannte blindlings durchs Geäst. Schließlich wurde es heller und heller. Endlich sah sie wieder Tageslicht. Vor ihr lagen einige kleine Teiche und Wiesen.

»Endlich Licht, aber wie riecht das hier! »es riecht nach Moor, wo bin ich nun wieder gelandet, etwa im Moorgebiet, dass fehlt mir auch noch.«

Sie fasste sich vorm Kopf und konnte es nicht fassen. Sie musste sich ins Gras setzen um nachzudenken. Dicke Schweißperlen standen auf ihrer Stirn und die Angst im Nacken. Sie musste gut überlegen, welchen Weg sie laufen konnte. Denn links und rechts, überall Moor. Jeder falsche Schritt könnte tödlich enden. Sie entschied sich den rechten Weg entlang des Waldes zu laufen. Hier war sie einigermaßen sicher. Die Sonne brannte unaufhörlich auf ihre Haut. Durch den Schweiß auf ihrem Gesicht konnte sie kaum noch klarsehen, sodass sie über einen Ast fiel. Dabei hatte sie Hautabschürfungen davongetragen und einige Kratzer. Mühselig rappelte sie sich wieder hoch und atmete kräftig durch. Vor ihr lag eine große Wiese. In unmittelbarer Nähe kam es ihr vor, als ob ein großer Feldweg vor ihr läge. Mühselig schleppte sie sich weiter. Ein Fuß vor den anderen. Ihr Körper zitterte und ihr Blick war leer.

Sie hatte nur eins im Kopf, den Feldweg zu erreichen. Doch bevor sie den Feldweg erreichte wurden ihre Beine schwerer und schwerer und sie sackte im hohen Gras zusammen. Ihr war schwindelig geworden. Der Durst und die sengende Hitze hatten ihr den Rest gegeben. Sie war schon fast am Fantasieren, da hörte sie in unmittelbarer Nähe plötzlich Stimmen. Krampfhaft und nur mit äußerster Mühe kam sie wieder auf die Beine. Halb verschwommen sah sie zwei Gestalten auf sie zukommen, die sie aber nicht bemerkten. Gerade als diese in den Wald abbiegen wollten, schrie sie laut um Hilfe. Die beiden hörten ihre Schreie und eilten herbei. Als die beiden auf sie zukamen, bekam sie es doch mit der Angst zu tun. Die beiden Männer sahen zum Fürchten aus. Der eine war von oben bis unten tätowiert und der andere hatte eine

Glatze. Vor Schreck ließ sie sich wieder zurück ins Gras fallen. Nun standen die beiden vor ihr. Der eine sah sie schamlos an und der andere sah sich nach allen Seiten um, ob noch Jemand zu sehen war. Zitternd sah sie die beiden an und fing an zu reden.

»Bitte, bitte, helfen sie mir, ich weiß nicht wo ich bin, ich habe mich wohl verlaufen.« Aber die beiden kicherten nur.

»Bist du alleine hier?«, fragte der, mit der Glatze.

»Was soll die Frage, sonst hätte ich nicht um Hilfe gebeten!«

»Das war dein Fehler!«, sagte der tätowierte.

»Was soll das, was wollt ihr von mir?«

»Du hättest lieber nicht um Hilfe rufen sollen, da bist du jetzt selbst schuld, was wir mit dir machen werden!«, sagte der mit der Glatze.

Noch bevor sie weiterredete, stürzte der tätowierte sich auf sie und riss ihr die Jacke vom Leib. Dabei hielt er ihr den Mund zu. Der andere öffnete seine Hose und kniete sich über sie. Sie wehrte sich vergebens. Dann riss er ihre Hose runter und verging sich an ihr. Als er fertig war kam der andere dran und verging sich ebenfalls an ihr. Ihr war schlecht und sie übergab sich. Die volle Ladung bekam der eine voll ins Gesicht. Dann ließen sie von ihr ab und sie rappelte sich langsam hoch. Sie wollte weglaufen, doch einer packte sie wieder am Arm und umarmte sie. Der andere zog plötzlich ein Messer und fuchtelte an ihr herum.

»Was soll das, lass mich doch gehen, ihr hattet ja euer Vergnügen, was wollt ihr noch?«

Dann schmissen die beiden sie wieder auf den Boden und bedrohten Sie.

Dann spürte sie das Messer an ihrer Kehle.
»Hör mal zu Kleine, du bist schön artig, sonst müssen wir dir sehr weh tun, dass willst du doch nicht, oder?«
»Bitte, bitte, lasst mich gehen, ich verrate euch auch nicht!«, flehte sie die beiden an.
Sie ließen kurz von ihr ab und zogen sich kurz zurück um sich zu beraten.
Sie hörte, wie die beiden sich unterhielten, dass sie eine Zeugin sei und wir sie nicht laufen lassen können. Das hier ist das ideale Gelände um sie verschwinden zu lassen. Sie dachte bereits, ihre letzte Stunde hätte geschlagen. Sie würden sie ins Moor schmeißen und Niemand hätte sie jemals gefunden.
Ihr Blick war leer, ihre Hände zitterten und mit dem Gesicht lag sie im Dreck. Sie packte mit der rechten Hand in den Dreck und gerade als der eine sich über ihr beugte, warf sie geistesgegenwärtig den

Dreck in sein Gesicht. Er schrie vor Schmerzen und fasste sich ins Gesicht. Er war vorübergehend nicht in der Lage etwas zu sehen. Dann warf sich plötzlich der andere auf sie und schlug auf ihr ein, bis sie blutete. Gerade als er wieder von ihr ließ, nutzte sie eine Unaufmerksamkeit von ihm aus und packte ihn an den Hoden und drückte mit all ihrer Kraft zu, sodass er vor Schmerzen auf den Boden fiel. So schwach wie sie war rappelte sie sich hoch und wollte fliehen. Da fiel aus heiterem Himmel ein Schuss. Sie erschraken und ihr fiel ein Stein vom Herzen, dass war ihre Rettung. Es war ein Förster, der gerade durch sein Revier streifte. Er gab noch einen Schuss ab. Der eine Verbrecher konnte fliehen. Den sie an den Hoden packte bekam eins mit dem Gewehrkolben auf den Kopf. Sie zitterte am ganzen Körper und konnte nichts sagen. Dann

sackte sie zu Boden. Schnell eilte der Förster auf sie zu und legte seine Jacke über ihr. Zufällig hatte er ein Satellitentelefon bei sich, sodass er die Polizei rufen konnte. Er beugte sich zu ihr herunter und sagte ein paar tröstende Worte. Aber sie konnte sich nur schwer zusammenreißen, zu groß war ihre Angst. Noch immer zitterte sie am ganzen Körper.
»Ist ihnen was passiert, was haben die Schweine mit ihnen gemacht?«
»Oh, Entschuldigung, war nicht taktvoll von mir! »Entschuldigung!«
Der Förster packte sich vorm Kopf, wie konnte er nur so etwas sagen.
»Sie brauchen nun keine Angst mehr haben, es wird alles gut. »sie sind in Sicherheit.«, sagte er.
Er streichelte ihr übers Haar und sprach noch ein paar tröstende Worte.

So langsam erholte sie sich wieder. Sie seufzte und wischte sich die Tränen aus den Augen. Nun richtete sie sich so langsam wieder auf. Aus Scharm zog sie schnell wieder ihre Hosen an. Der Förster setzte sich neben ihr und umarmte sie. Nun fing sie langsam an zu erzählen.

»Mein Name ist Vanessa Sörensen, ich komme aus Kopenhagen, ich verbringe meine Semesterferien hier mit ein paar Freunden. »ich wollte nur joggen, dabei muss ich mich auf dem Rückweg verlaufen haben. «

beim Ausruhen bin ich dann wohl eingeschlafen. »danach lief ich weiter und weiter. «

»Da haben sie sich aber anständig verlaufen. «

»Ja, aber wo befinde ich mich denn hier?«

»Sie befinden sich zwischen Apfeldorf und Oberndorf, in einem Moor und dichtem

Waldgebiet.« wenn ich nicht gewesen wäre, wer weiß, was die mit ihnen gemacht hätten. »wo haben sie denn ihr Quartier?«

»Wir wohnen in St. Johann!«

»Da haben sie sich aber anständig verlaufen. »sie sind weit weg von St. Johann.«

Er fasste sich an seinen weißen Bart und wurde nachdenklich.

»Hm, was um alles in der Welt wollten die beiden hier! »haben die etwas angestellt oder sind es Verbrecher, die auf der Flucht sind? »na ja, wie auch immer. »ein dummer Zufall, sie waren zur falschen Zeit am falschen Ort.«

Sie lag bei ihm im Arm und ihm kamen beinahe die Tränen. Aber das tröstete Vanessa überhaupt nicht. Zuviel hatte sie durchgemacht.

»Ruhen sie sich noch ein wenig aus, ich habe inzwischen die Bergwacht angefordert, die müssten gleich hier sein. »der dort hinten liegt, kann ihnen nichts mehr tun.«

Mit großen Augen starrte sie den Förster an, sein weißer Bart faszinierte sie. Sein Jagdhund lag brav neben ihr und passte auf sie auf. Aus der Ferne hörten sie bereits die Rotoren eines Helikopters. Unmittelbar auf der großen Wiese landete er. Schnell eilte der Notarzt mit der Polizei herbei.

»Hallo sagte der Notarzt, ich bin Dr. Gruber, was ist passiert?»

Da mischte sich der Förster ein und erzählte dem Arzt was passiert sei.

Auch der Inspektor von der hiesigen Polizei stellte ein paar Fragen. Mit zitteriger Mine und mit starrem Blick erzählte Vanessa den Beamten warum und weshalb sich alles zugetragen hat. Der Inspektor sah kurz auf dem am Boden gefesselten Verbrecher.

»Nun sieh mal einer an, ein alter Bekannter, er ist ein Vergewaltiger und Gewaltverbrecher, ebenso wie sein Komplize, die auf der Flucht sind.« sie werden bereits per Haftbefehl gesucht.«

Der Notarzt versorgte notdürftig ihre Wunden und der Inspektor nahm ihre Aussagen zu Protokoll.

»Ja, Frau Sörensen, sie haben unwahrscheinliches Glück gehabt, dass der Förster zufällig in der Nähe war.«

»Wir nehmen sie jetzt mit ins Krankenhaus nach Hall, dort werden sie weiter versorgt.«, sagte der Notarzt.

Das gefiel Vanessa überhaupt nicht, viel lieber würde sie jetzt bei ihren Freunden sein.

»Muss das sein, Herr Doktor, aber mir geht es doch schon viel besser!«

»Nein, nein, auf keinen Fall, keine Widerrede, sie wurden missbraucht, damit spaßt man nicht!«, bei ihren Verletzungen übernehme ich nicht die Verantwortung. »die Wunden müssen richtig gereinigt werden.«

Sie verabschiedete sich noch bei ihrem Retter und bedankte sich bei ihm, dass er sich so nett um sie gekümmerte.

»Passen sie gut auf sich auf!«, sagte er noch.

»Wir bringen die Patientin zuerst ins Krankenhaus, Herr Inspektor, wir holen sie später mit dem Ganoven wieder ab.«, sagte der Notarzt. Dann

wurde sie ins nächste Krankenhaus nach Hall geflogen, dort angekommen wartete man bereits auf sie.

In der Zwischenzeit liefen Frank und Tommy kreuz und quer durch die Straßen und Gassen, in der Hoffnung sie irgendwie zu finden. Sie fragten jeden den sie sahen ob sie eine junge Frau mit schwarzen langen Haaren beim Joggen gesehen hätten. Aber alle zuckten nur mit den Schultern. Niemand hatte sie gesehen. Es war bereits am späten Abend, sie sahen in den Himmel, es goss wie aus Eimern. Sie waren Pudelnass, aber das war ihnen egal. Ergebnislos brachen sie die Suche ab. Als die beiden wieder zum Hotel der Mädels liefen, kam Sonja ihnen entgegengelaufen.

»Na, habt ihr etwas erreicht, hat sie Jemand gesehen?«

Aber die beiden schüttelten nur ihre Köpfe. Die Verzweiflung stand ihnen, ins Gesicht geschrieben. Sie sahen sich nur an, wo sollten sie nur suchen?

»Ich werde alle Krankenhäuser im Umkreis abfragen.«, sagte Frank.» irgendwo muss sie ja sein, oder?«

»Ich werde gleich zur Polizei gehen!«, erwiderte Sonja.» das bin ich Vanessa schuldig.» ich hoffe, danach werden wir schlauer sein.«

»Wir kommen mit!«, riefen Frank und Tommy.

Auf dem Weg zur Polizei gingen sie mit gemischten Gefühlen. Weil es immer noch regnete zogen sie sich ihre Jacken über den Kopf. Sollte ihr tatsächlich etwas passiert sein, dass würden sie sich nie verzeihen. Mit Herzklopfen kamen sie am Polizeirevier an.

»Hast du ein Bild von Vanessa dabei, Frank!«, fragte Tommy.

»Ja, das habe ich!«

Es war ein altes Gebäude mit viel Malerei an den Wänden und Giebeln.

Es muss wohl schon über hundert Jahre gewesen sein. Sie staunten nicht schlecht. Dann traten sie ein. Die Wache war nicht sehr groß, eher übersichtlich. Hier schien alles gemütlich zuzugehen. Der eine tippte auf der Schreibmaschine. Der andere ließ eine Zeitung und trank einen Kaffee. Den sprachen sie an.

»Hallo, grüß Gott!«, sagte Frank.

Ganz gemütlich hebt der Polizist seinen Kopf hoch und erwiderte den Gruß.

»Was wünschen sie?«

Unsere Freundin wird vermisst!«, antwortete Sonja spontan.

»Wir wollen nur, dass unsere Freundin wiederauftaucht.«, erwiderte Frank.

»Moment mal, um was geht es überhaupt.«, fragte der Polizist.

»Wir suchen unsere Freundin!«, sagte Sonja.» sie ist seit heute Mittag nicht vom Joggen heimgekehrt.«

Der Beamte schlürfte weiter genüsslich seinen Kaffee, bevor er etwas sagte.

»So, so, sie suchen also ihre Freundin, wissen sie eigentlich wie viele Menschen Jährlich verschwinden.»manche kommen nie wieder und manche kommen nach einiger Zeit von selber wieder zurück.«

»Sehr ermunternd!«, antwortete Tommy.

»Aber das glauben wir nicht!«, meinte Frank. »ihr muss was zugestoßen sein!«

Die drei waren außer sich und redeten auf den Beamten ein. Er hatte schon Schweißperlen auf der Stirn. Sie ließen nicht locker. Bis er schließlich einlenkte.

»Nun beruhigen sie sich erst einmal wieder, dass wird sich sicherlich aufklären. »selbst wenn ihr etwas zugestoßen wäre und wir wüssten davon, dürften wir ihnen das sowieso nicht sagen.«

»Nun seien sie nicht so barsch, sie ist schließlich meine Freundin!«, sagte Frank wütend.«

Frank hatte Tränen in den Augen, so nahe ging es ihm. Der Polizist holte seinen Kollegen hinzu.

»Na ja, ich will mal nicht so sein!«, sagte der Polizist. »sag mal Theo, liegt bei uns etwas vor?«

»Nein, es war den ganzen Tag ruhig, uns ist nichts gemeldet worden, weder ein Unfall noch sonst etwas.«

Die drei sahen sich an und schüttelten nur ihre Köpfe.

»Tut mir leid, wir können im Moment nicht für sie tun, wir können sowieso erst was unternehmen nach 24 Stunden. »wenn wir dann etwas wissen, werden sie von uns hören.«

»Aber was können wir jetzt tun!«, fragte Sonja.

»Es bleibt ihnen nichts Anderes übrig als abzuwarten.«, sagte der Polizist.

»Das kann es doch nicht sein, gibt es denn keine andere Möglichkeit.«, erwiderte Frank.

»Doch, es gibt noch eine Möglichkeit, die Kollegen von der Kripo.«, ich werde gleich mal nachfragen, einen Moment!«

»Vielen Dank!«, sagte Tommy.

Die drei hörten das Gespräch mit.

»Hallo Kollegen, hier sind drei junge Leute, die vermissen seit heute Mittag ihre Freundin, sie vom Joggen nicht wieder heimgekehrt.«, wisst ihr irgendetwas? »ja, ja, ich verstehe, vielen Dank!«

Dann drehte er sich um und ging auf die drei zu. Die drei zitterten am ganzen Körper.

»Ich habe keine gute Nachricht für euch!«, der Beschreibung nach ist heute am späten Nachmittag eine junge Frau nach

Hall ins Krankenhaus eingeliefert worden.«, mehr sagten die Kollegen nicht.«

Frank wurde ganz anders und fing laut an zu weinen. Ebenso ging es Sonja. Nur Tommy behielt die Nerven.

»Wir müssen uns jetzt zusammenreißen!«, rief Tommy den beiden zu.

»Ja, aber was ist denn nur passiert!«, fragte Frank mit weichen Knien den Polizisten.

»Die Kollegen sagten mir nichts weiter, ihr seid keine Verwandten. »ihr müsst schon selbst ins Krankenhaus fahren, um es herauszufinden.«

Sie bedankten sich bei den Beamten und verließen anschließend die Wache.

»Was machen wir nur!«, fragte Frank die beiden. »sie ist unsere Freundin, dass sind wir ihr schuldig!«

»Frank, nicht so voreilig, wir wissen doch gar nicht ob die Person Vanessa ist«, meinte Sonja.

»Sollen wir lieber noch warten?«, meinte Tommy.

»Nein, es ist Vanessa, glaubt es mir, bei ihrem Talent ist alles möglich.«, antworte Frank ärgerlich.

»Wir müssen es halt versuchen, uns bleibt keine andere Wahl. »du hast recht Frank!«, erklärte Tommy.

»Aber nach Hall sind es ungefähr 60 Km. von hier!«, erwiderte Sonja.

»Habt ihr mal auf die Uhr geschaut es ist bereits 18.00 Uhr und wir wissen nicht ob heute noch ein Zug nach Hall fährt.«, meinte Tommy.

»Kommt, lasst uns zum Bahnhof gehen«, antwortete Frank. »wir werden sehen ob noch ein Zug fährt.«

»Ja, schön und gut, selbst wenn noch ein Zug fährt, ob wir sie dann noch besuchen dürfen ist fraglich.«, meinte Sonja.

»Wir müssen es halt versuchen, ansonsten können wir ja eine Nachricht hinterlassen.«, sagte Frank.

So zogen sie mit gesenktem Haupt in Richtung Bahnhof los. So trafen sie am Bahnhof ein. Als erstes sahen sie auf die Abfahrtszeiten.

»Sieht mal, es fährt noch ein Zug um 20.30 Uhr«, sagte Frank den beiden.

»Aber, das ist doch schon viel zu spät!«, erwiderte Sonja.«

»Wisst ihr, wie lange der Zug fährt, dann sind wir ja erst gegen Mitternacht in Hall!«, sagte Tommy.

Sie diskutierten und diskutierten.

»Wenn wir sie nicht mehr besuchen dürfen, was ich vermute, dann übernachten wir eben in einer Pension oder einem Hotel, wo ist das Problem?«, meinte Frank.

»Also schön!«, antwortete Tommy. »lasst uns zurück kehren in unsere Unterkünfte, dort werden wir Bescheid sagen, dass wir nach Hall fahren, vielleicht ruft Vanessa ja an, sofern sie es kann. »dann weiß sie wenigstens, das wir kommen!«

So gingen sie zähneknirschend in ihre Unterkünfte um alles weiter zu regeln. Sonja fragte im Hotel, ob sich Vanessa inzwischen gemeldet hatte. Aber die Angestellten zuckten nur ihre Schultern. Von ihr bislang keine Spur. Frank und Tommy packten ihre Sachen zusammen. Sie konnten es nicht fassen, was Vanessa wohl zugestoßen war. Sie diskutierte und diskutierten. Aber sie wussten gar nichts, nur wilde Spekulationen erzählten sie sich. So trafen sie sich um 20.00 Uhr wieder vor

Sonjas Hotel und gingen dann weiter zum Bahnhof.

Zwischenzeitlich wurde Vanessa ins Krankenhaus eingeliefert. Sie wurde vom Oberarzt Dr. Sommer in Empfang genommen. Er wurde bereits über alles Bescheid, was ihr widerfahren war. Der Notarzt vom Helikopter begleitete sie noch ein wenig.
»Frau Sören, bei Dr. Sommer sind sie in den besten Händen!«
»Ja, dass hoffe ich doch!«, sagte sie und lächelte sogar.
Dann verabschiedete sich der Notarzt von ihr.
»Ich wünsche ihnen alles Gute und kommen sie schnell wieder auf die Beine!«
Und vielen Dank für die Erstversorgung!«, rief sie ihm noch hinterher.

»Ich werde sie jetzt untersuchen und die Wunden behandeln.«später kümmert sich noch eine Gynäkologin um sie.«, sagte Dr. Sommer.

Sie hatte einige blaue Flecke und einige Schürfwunden davongetragen, na ja, sie wehrte sich auch anständig. Nur den Missbrauch konnte sie nicht vermeiden. Der Arzt untersuchte sie gründlich.

»Den Wunden nach zu urteilen, haben die Täter sie ganz schön misshandelt! »sie können von Glück sagen, dass sie noch am Leben sind, dass hätte auch anders ausgehen können. »hoffentlich wird der flüchtige Täter auch bald gefasst.«

»Ja, dass hoffe ich auch!«

Sie dachte im Stillen, jetzt fängt der Arzt auch noch an zu labern, wie der Inspektor. Aber sie hörte gar nicht mehr zu, was der Arzt alles laberte. Als er mit der

Untersuchung fertig war, verband die Schwester ihre Wunden.

»So Frau Sören, sie bleiben erst mal hier zur Beobachtung.«, sagte die Schwester. Indem Moment kam auch schon die Gynäkologin zu ihr ans Bett und untersuchte sie. Als sie mit ihr fertig war, war sie doch sichtlich erschöpft. Das Ganze hat sie doch ziemlich mitgenommen. Sie dachte an ihre Freunde, ganz besonders an Frank. Sie wollte noch etwas sagen, doch der Tag war zufiel für sie, sodass sie vor Müdigkeit einschlief. Anschließend brachte die Schwester sie auf Station.

Bereits zur fortgeschrittener Zeit trafen die drei in Hall ein. Müde von der langen Fahrt stiegen sie aus dem Zug. Ihnen kam eine schwülwarme Luft entgegen. Es lag eine geballte Ladung aus Blitz und Donner in der Atmosphäre, dass sich jeden Moment entladen könnte. Frank hatte Schweißperlen auf der Stirn und Tommy sein T-Shirt konnte man auswringen, so nass war es. Bei Sonja triefte es nur so aus den Haaren, sodass sie sie auswringen konnte. Die drei sahen sich nur an, die Müdigkeit stand ihnen im Gesicht geschrieben. Tommy packte sich vorm Kopf.

»Wo sind wir hier eigentlich, es ist ja weit und breit kein Mensch zu sehen.»hier scheinen wohl die Bürgersteige schon früh hochgeklappt zu sein.«, meinte Frank im lächerlichen Ton.

»Nun ja!», meinte Tommy. »hast du schon mal in den Himmel geschaut, ich glaube wir sollten uns sputen, wenn wir noch ins Krankenhaus wollen.«

»Ja, schön und gut, aber wo lang!«, meinte Tommy.

»Dann sie mal nach oben, dort ist ein Wegweiser!«, erwiderte Frank.» wir müssen uns nur geradeaus halten, dann kommen wir zum Krankenhaus.«

Von der schwülen und feuchten Luft triefte es nur so aus ihren Haaren.

»Langsam, geht langsam!«, rief Sonja den beiden zu, ich bin schon ganz außer Atem.«

»Hab dich nicht so!«, erwiderte Frank, es fängt gleich an zu gießen!«

Kaum ausgesprochen gießt es auch schon wie aus Eimern. Tommy lief zurück und hakte Sonja unter. In der Ferne blitzte und donnerte es auch schon. Endlich kamen sie am Krankenhaus an. Aber sie hatten Pech, es war alles dunkel, nur die Notbeleuchtung brannte. Frank sah noch durch die Scheibe, ob eventuell ein Pförtner anwesend war. Aber auch der Raum war dunkel.

»So eine Scheiße!«, sagte er und klopfte vor Wut an die Scheibe.«
»Ich habe es doch gesagt, hier kommen wir heute Nacht nicht mehr rein. «, erwiderte Sonja.
»Was machen wir nur!«, fragte Frank.
»Bis zum Morgen ist es nicht mehr lange!«, meinte Sonja. »solange müssen wir durchhalten. »jetzt noch ein Hotel suchen ist zwecklos und zu teuer. »wir müssen zum Bahnhof zurückkehren und dort eben übernachten, uns bleibt keine andere Wahl.«
Frank hatte Tränen in den Augen, die Ungewissheit was mit Vanessa geschehen war, machte ihn fast wahnsinnig.
»Verdammt, verdammt, wenn ich doch nur bei ihr wäre!«
Tommy konnte es fast nicht mehr mit ansehen, wie er sich quälte. Er klopfte Frank auf die Schulter.

»Nun mach dich bitte nicht verrückt, es wird bestimmt wieder alles gut, mach dir keine Sorgen!«

Liebevoll fasste er Frank auf die Schulter und Sonja umarmte ihn.

»So, nun wird es aber Zeit!«, meinte Sonja. »wir müssen so schnell wie möglich zum Bahnhof zurück, wir sind ja schon nass wie die Pudel.«

Gerade als sie losrannten, erschraken sie, ein heftiger Knall war zu hören, irgendwo war ein Blitz eingeschlagen.

»Habt ihr das gehört!«, sagte Frank aufgeregt. »los, lauft weiter!«

Heftiger Sturm kam auf, sodass sie sich kaum auf der Straße halten konnten. Sie fasste sich alle drei an die Hände und liefen so schnell wie sie konnten. Dann auf einmal plötzliche Stille, man konnte eine Nadel fallen hören. Auf einmal zischten die Blitze und es knallte der Donner ungemein. Dann prasselte der Regen auf die drei nieder. So schnell konnten sie gar nicht rennen, sodass sie auch noch von dicken Hagelkörnern getroffen wurden. Kurz vorm Bahnhof fiel Sonja auf die Knie, sodass sie Hautabschürfungen davongetragen hatte. Sie schrie vor Schmerzen. Frank und Tommy eilten herbei und hoben sie auf.

»Mein Gott, jetzt bin ich auch noch hingefallen und habe mir die Knie aufgeschlagen, so eine Scheiße!«

Pudelnass kamen sie endlich wieder am Bahnhof an. Sie setzten sich auf eine Bank und rückten eng aneinander.

»Oh, ist mir kalt!«, stöhnte Sonja.

Sie zitterte am ganzen Körper. Tommy drückte sie fest an sich und wärmte sie. Die ganze Nacht dösten sie vor sich hin, kein Mensch, kein Tier war zu sehen. Nur der Wind sang leise sein Lied. So zitterten sich die drei durch die Nacht.

Nun erwachte der Morgen. Frank wachte als erster auf und warf einen kurzen Blick auf Sonja und Tommy. Die beiden schliefen noch fest und tief vor sich hin. Dann lies er von ihnen ab und ging aus der Bahnhofstür hinaus. Er sah in den Himmel und konnte es nicht fassen, von der stürmischen und regnerischen Nacht war nun nichts mehr zu spüren. Es war ein herrliche morgenfrische zu spüren. Der Himmel war blau und die Sonne ging auf. Er ging wieder zurück und weckte die beiden auf.

»He ihr zwei, aufwachen!«

Nur allmählich wurden sie wach, Tommy hatte noch dicke Augen, von all den Anstrengungen der letzten Nacht. Nur Sonja hatte starke Schmerzen in den Knien. Sie konnte kaum aufstehen und hielt sich an Tommy fest. Schmerzverzerrt setzte sie sich wieder hin. Tommy tröstete sie und gab ihr einen Kuss auf die Wange. Nur Frank quengelte vor sich hin und sah immer wieder auf seine Uhr.

»Wie spät ist es denn!«, fragte Tommy.

»Es ist bereits 6.00 Uhr!«, antwortete Frank.

»Bist du wahnsinnig, 6.00 Uhr ist es erst, viel zu früh, was sollen wir den ganzen Vormittag anstellen.«, fragte Tommy erbost.

Langsam erholte sich Sonja, sie nieste und hustete kurz und verzog ihr Gesicht.

»Mir ist so kalt, ich glaube ich bekomme eine Erkältung. »mir ist gar nicht gut und meine Sachen kleben vor Nässe an meinem Körper.«

Sie schmiegte sich wieder an Tommy. Er streichelte ihr über das noch nasse Haar und gab ihr einen Kuss darauf. Frank lief immer noch hin und her, er sah die beiden an, die da wie zwei begossene Pudel saßen.

»He ihr zwei, sitzt da nicht so betrüblich herum, ihr kommt mir vor wie zwei alte Leute, die gerade ihren Abschied besiegeln. »lasst euch nicht so hängen!«

Das hat gesessen, spontan standen sie endlich auf.

»Ja, aber was sollen wir um diese Uhrzeit anstellen, es ist noch alles geschlossen.«, meinte Sonja. »später gehen wir Frühstücken und anschließend kaufen wir neue Sachen zum Anziehen.«

»Ja und?«, antworte Frank. »hast du nichts Anderes im Kopf, dass können wir später immer noch. »dort hinten liegt Vanessa im Krankenhaus und du hast nichts Besseres zu tun, um nur an dich zu denken, wer weiß was ihr passiert ist und du redest vom Frühstück.«

»Ja, aber ich meinte doch nur, dass ist doch nicht böse gemeint!«

»Nun streitet euch doch nicht!«, meinte Tommy.

»Ja, ja, ist ja schon gut, mir ist halt die Sicherung durchgegangen, entschuldigt!«

»Auch, wenn wir uns die Köpfe einschlagen, um diese Zeit kommen wir auch nichts ins Krankenhaus, denkt mal ein bisschen nach.«, antwortete Sonja.

»Was schlagt ihr nun vor, was machen wir so lange, bis wir ins Krankenhaus können?«, fragte Frank.

Lasst uns noch ein bisschen im Bahnhof warten, es ist so ein schöner und klarer morgen.«, sagte Tommy.

Der frühe morgen verging. Nach einer ruhigen Nacht, wachte Vanessa auf. Sie schlug die Augen auf und sah nach rechts und links. Nur allmählich kam sie zu sich. Sie rappelte sich hoch und griff nach einer

Flasche Wasser, die auf ihrem Beistelltisch stand. Sie nahm einen kräftigen Schluck und legte sich wieder hin. Sie ließ noch einmal Revue passieren und dachte nach, wie ihr so etwas zustoßen konnte. Sie schlug die Hände vors Gesicht und fing bitterlich an zu weinen. Sie dachte dabei an ihre Freunde, ganz besonders an Frank. Die Ungewissheit quälte sie, ob er überhaupt wusste, was ihr widerfahren war. Wahrscheinlich nicht! Ob er überhaupt an sie dachte oder sie für verrückt hielt. Alles das bildete sie sich in ihrer Vorstellung ein. Dann ging die Tür auf und die Stationsschwester trat herein.

»Guten Morgen, ich bin Schwester Ilona, haben sie gut geschlafen?«

»Na ja, wie man es nimmt, nicht wirklich!«

»Ich habe gehört, was ihnen widerfahren ist, tut mir sehr leid!«

»Muss ihnen nicht leidtun, ich habe ja selbst Schuld daran, dass es sich so zugetragen hatte.«

»Sie waren halt zur falschen Zeit am falschen Ort!«

»So kann man es auch sagen!«, sagte Vanessa, könnte ich mal telefonieren, meine Freunde machen sich sicherlich schon Sorgen, denn seit gestern Mittag haben sie nichts mehr von mir gehört.«

»Sie können nachher vom Schwesternzimmer aus telefonieren, kein Problem!«

»Vielen Dank!«

Nachdem die Schwester das Zimmer wieder verließ, stand sie auf und wollte sich am Spiegel betrachten, der sich hinter einem Vorhang mit Waschgelegenheit befand. Sie betrachtete sich im Spiegel und schlug die Hände über ihren Kopf zusammen.

»Mein Gott, wie siehst du denn aus, überall blaue Flecke und Blessuren.»diese Schweine, hoffentlich erwischen sie den anderen auch.»wie konnten sie mir das nur antun? »ich hoffe, dass sie eine gerechte Strafe bekommen.»was wird wohl Frank sagen und die anderen, wenn sie mich so sehen.»ich muss mich besser in den Griff bekommen, dass so etwas nicht wieder vorkommt.»ich muss lernen meine Angst zu überwinden.«

Sie drehte den Wasserhahn auf und hielt ihren Kopf darunter um einiger Maßen klar zu werden. Sie tropfte kurz ihre Haare ab und öffnete anschließend das Fenster. Die Luft war nach dem Unwetter der Nacht klar und rein. Sie sah zum Himmel und atmete ein paar Mal kräftig durch. Sie nahm einen Stuhl und setzte sich ans Fenster und dachte nach, warum es überhaupt so weit kommen musste. Hätte sie doch bloß auf

Frank gehört und bei ihm geblieben. Aber darüber nachzudenken machte keinen Sinn mehr, was geschehen war, war geschehen. Sie hatte nur ein Ziel, Frank endlich wieder in die Arme zu schließen.

Unterdessen liefen die drei Freunde immer noch Planlos durch die Gegend. Der Morgen wollte und wollte nicht vorübergehen. Immer wieder sahen sie auf ihre Uhren. Frank war sichtlich angespannt, man konnte seinen Frust spüren. Sonja und Tommy sahen es etwas lockerer. Obwohl ihnen Vanessa leidtat. So verließen sie nach geraumer Zeit das Bahnhofsgelände. Frank wartete noch einen Augenblick, dachte kurz in sich hinein, dann kam er auch.
»Hört mal Leute, wir gehen langsam zum Krankenhaus, wir können ja uns schon mal die Schaufenster ansehen.«

»Gute Idee, Frank!«, meinte Sonja.

Sie schlenderten durch die Gassen und sahen sich dabei immer wieder an, sie vergaßen für einige Zeit ihren Sorgen und Kummer. So kamen sie am Krankenhaus an. Die Eingangstür stand offen. Sie warfen einen Blick hinein und sahen, dass nur eine Person an der Aufnahme stand und telefonierte.

»Los, wir schleichen uns vorbei!«, meinte Frank.

»Du weißt doch gar nicht auf welchem Zimmer sie liegt, du Dussel!«, erwiderte Tommy.

»Lasst mich mal machen!«, sagte Sonja.

Sonja ging auf die Schwester zu und sprach sie an.

»Guten Morgen, wir möchten zu unserer Freundin, sie ist gestern hier stationär aufgenommen worden.«

«Wie heißt denn ihre Freundin!«, fragte die Schwester.

»Vanessa Sörensen!«

»Einen Moment bitte, ich schau mal nach, auf welchem Zimmer sie liegt.» ja stimmt, sie liegt auf Zimmer 212. in der zweiten Etage.«

Sie bedankten sich noch und gingen mit mulmigen Gefühl in den Fahrstuhl.

»Seht ihr, es geht auch diplomatisch.«, meinte Sonja.

»Ja, ja, wie immer hast du recht!«, erwiderte Frank.

Unterdessen ahnte Vanessa noch nicht, dass die drei gleich an ihrer Tür klopfen würden. Sie rekelte sich hin und her und weinte die halbe Nacht. Zähneknirschend saß sie am Bettrand und fragte sich immer wieder, warum ihr das bloß passieren konnte. In dem Moment klopfte es an ihre Tür, sie erschrak und drehte sich zur Tür

hin, als die drei plötzlich im Zimmer standen. Sie wusste erst nicht, was sie sagen sollte. Sie bekam den Mund nicht mehr zu, so erschrocken war sie. Frank war den Tränen nahe, als er sie so sah.
»Wo kommt ihr den her, woher wusstet ihr, dass ich im Krankenhaus liege?«
Mit offenen Armen stürzte Frank auf Vanessa zu.
»Süße, was ist nur geschehen, was hast du gemacht? »wir bekamen ja keine Auskunft, wir haben von der Polizei nur erfahren, dass du eventuell im Krankenhaus liegst.«
Dann fing sie bitterlich an zu weinen und zitterte am ganzen Körper. Er hielt sie lange in den Armen und küsste ihre Tränen weg. Als Tommy und Sonja das sahen, waren sie ebenfalls den Tränen nahe. Allmählich beruhigte sie sich ein wenig.
»Was ist bloß geschehen!?«, fragte Frank.

»Kommt, setzt euch erst einmal hin, ich werde es versuchen euch zu erzählen.«

Mit großen Augen sah sie Frank an. Er begriff erst gar nichts, nur nach längerem hinsehen sah er ihre Blessuren.

»Wer hat dir das bloß angetan oder was hast du wieder angestellt?«

»Ich habe gar nichts angestellt, nun beruhige dich Frank und hör mir zu!«

Dann erzählte sie, was wirklich passiert war. Frank bekam den Mund nicht mehr zu und auch Sonja und Tommy waren wie erstarrt. Frank ließ fassungslos von Vanessa ab und ging zum Fenster. Er wischte sich die Tränen aus den Augen. Langsam drehte er sich wieder zu Vanessa hin.

»Das ist ja haarsträubend, was du da erzählst, was sind das wohl für Schweine, die dir das angetan haben.«, sagte Sonja.

»Vanessa, es tut mir so leid, ich hätte dich niemals alleine Joggen lassen sollen, wer ich doch bloß bei dir geblieben, dann wäre das niemals passiert«, meinte Frank.

»Lass es gut sein Frank, es ist nun mal passiert, ich bin ja auch so stur, ich hätte bei euch bleiben sollen.«

»Hört auf euch gegenseitig Schuldzuweisungen zuzufügen, das bringt doch nichts, es ist nun mal geschehen, wir können nichts mehr dagegen tun.«, meinte Tommy.

»Trotzdem, mache ich mir große Vorwürfe, du hättest Tot sein können!«, erwiderte Frank.

Vanessa raufte sich die Haare und holte tief Luft.

»Verdammt Frank, du hast ja recht, ich hätte auf dich hören sollen, dann wäre mir vieles erspart geblieben, aber es ist nun mal geschehen, ich kann es nicht mehr Rückgängig machen. »tut mir leid!«

»Du hast wohl einen Schutzengel gehabt«, erwiderte Sonja.

»Ja, wäre da nicht der Förster gewesen, hätten die beiden mich womöglich ins Moor geworfen und Niemand hätte mich jemals gefunden.«

Diese Schweine, hoffentlich werden sie bald gefasst.«, sagte Frank mit zorniger Stimme.

»Einer ist ja schon gefasst, dank dem Förster.«, piepste Vanessa es raus.

Frank schüttelte seinen Kopf.

»Warum gehst du immer mit dem Kopf durch die Wand, ich verstehe es nicht!«

»Aber was hätte ich dann machen sollen, ich habe mich nun mal verirrt, ich kann doch nichts dafür, dass mir das passiert ist.«

»Nun hört auf, fangt nicht schon wieder an euch zu streiten.«, rief Sonja dazwischen.» seit froh, dass sie noch lebt.«

»Was unternimmt die Polizei, haben die schon mit dir gesprochen?«, fragte Sonja.

»Die haben mich schon gefragt, aber ich konnte gestern nicht viel dazu beitragen, mir ging es nicht gut, das versteht ihr doch! »die werden mich heute bestimmt fragen, dass haben sie schon gesagt.«

Vanessa hielt sich die Ohren zu, sie konnte die Fragerei nicht mehr ertragen.

»Hört bitte auf, ich will nichts mehr hören, lasst die Fragerei sein!«

»Ist ja schon gut, reg dich nicht auf Vanessa, wir sind jetzt ruhig.« erwiderte Frank.

In ihrem Gesicht sah man ihre Angst, obwohl sie es gut überspielen konnte. Sie war kreidebleich und ihre Hände zitterten.

Frank sah ihr an, dass es ihr nicht gut ging. Schnell nahm er sie in den Arm und versuchte sie zu trösten. Desto fester er sie an sich zog umso mehr wich sie von ihm ab. Sie nahm ihre Hände und stieß Frank von sich.

»Vanessa, Vanessa, was ist bloß los mit dir, wir sind doch alle bei dir, du brauchst dich nicht zu fürchten!«

»Ich fürchte mich ja nicht.»ich freue mich ja, dass ihr da seid, gebt mir noch etwas Zeit.»ich muss erst selber mit mir klarkommen.«

»Vanessa, du hast alle Zeit der Welt.»wir sind immer für dich da!«, sagte Frank weinerlich.

Sie redeten und redeten, die Zeit verging. Vanessa starrte mit ernster Miene an die Decke, ohne sich auch nur ein einziges Mal zu bewegen.

Die anderen wussten nun nichts mehr zu sagen. Frank sah auf Vanessa herab und verzog nicht eine Miene. Tommy und Sonja sahen sich vorwurfsvoll an, als würden sie sich die Schuld an allen geben. Aber alle wussten, wie es um Vanessa stand. Frank sah kurz zu Tommy herüber, als ob er was zu sagen hätte. Plötzlich sagte Vanessa, dass sie rausgehen sollten, dass sie dann auch taten. Vanessa wurde wieder nachdenklich und fiel in ein tiefes Loch. Nun standen sie fassungslos draußen vor der Tür und wussten nicht was sie machen sollten. Verzweiflung und Ratlosigkeit stand in ihren Gesichtern geschrieben. Frank rümpfte seine Nase, er konnte es immer noch nicht begreifen, was eigentlich um Vanessa geschah. Kreidebleich setzte er sich auf einen Stuhl, der neben der Tür stand. Dann ging Sonja auf Frank zu.

» Was ist los mit dir, dich trifft überhaupt keine Schuld, sie ist alt genug um Entscheidungen selber zu treffen.«

»Ja, ja, du hast ja recht, aber ich liebe sie nun mal, soll ich sie ihrem Schicksal überlassen, dass ist nicht meine Art.«

»Das sollst du ja auch nicht, gib ihr Zeit, dass wird schon wieder, du wirst sehen!«, redete Tommy dazwischen.

Sonja raufte sich die Haare und rümpfte ihre Nase.

»Ja, aber was können wir nur machen, wir kommen ja nicht an sie heran. »ich werde noch einmal zu ihr gehen ob wir tatsächlich gehen sollen.«

Aber das passte Frank überhaupt nicht.

»Nein, das brauchst du nicht, ich gehe selbst zu ihr!«

Frank machte die Tür auf und ging hinein. Vanessa sah ihn scheu an und zeigte ihm die kalte Schulter. Er setze zu ihr aufs Bett und hielt ihre Hand, die sie aber wegzog.

»Vanessa, ich bin immer für dich da, ich liebe dich doch!«

Aber sie sah ihn nicht einmal an und sagte kein Wort. Traurig sah er sie an. Allmählich fing sie zu Reden an.

»Frank, ich weiß, dass du mich liebst, ich liebe dich auch! »ich weiß es zu schätzen, dass du besorgt um mich bist, aber das brauchst du nicht, ich kann selber auf mich aufpassen.«

Haha, dass habe wir ja aber ganz anders gehört, dass ich nicht lache, du kannst alleine auf dich aufpassen, dich kann man nicht alleine lassen.«

»Fängst du schon wieder damit an, hör endlich damit auf, mich zu bevormunden, ich kann es nicht mehr hören!«

Sie stieß seine Hand weg und hielt sich die Ohren zu.

»Entschuldige bitte, ich habe es so nicht gemeint, tut mir leid!«

»Frank, es ist besser, wenn du gehst, wenn ihr geht!«

Ihr Blick war zornig und sagte alles.

»Bitte geh, geh, ich möchte alleine sein!«

Frank stand auf, ohne noch ein Wort zu sagen, drehte sich um und ging traurig aus dem Zimmer. Sonja und Tommy sahen ihn fassungslos an.

»Was ist los, was hat sie gesagt?«, fragte Tommy.

»Rausgeschmissen hat sie mich, wir sollen gehen!«

»Frank, ihr habt euch wieder gestritten und du hast ihr wieder Vorwürfe gemacht, stimmst?«, fragte Sonja.«

»Ja, stimmt, ich habe es aber nicht so gemeint.«

»Du kannst sie nicht überfordern, sie muss erst mal mit der Situation selber klarkommen. »gib ihr Zeit, es wird schon wieder.«, erwiderte Sonja.

»Aber was sollen wir denn nur machen, sollen wir jetzt wirklich gehen und sie alleine lassen!«, fragte Frank.

Sie redeten und redeten und gingen den langen Flur auf und ab. Ab und zu sahen sie aus dem Fenster. Auf einmal kam der behandelnde Arzt und trat zu Vanessa ins Zimmer. Die drei sahen sich an und setzten sich gespannt vor ihrem Zimmer auf die Stühle um abzuwarten, was der Arzt sagte.

»Hallo Frau Sören, nah, wie geht es Ihnen, habe sie sich denn ein bisschen erholt?«

»Wie soll es schon gehen, wie sagt ihr Ärzte denn immer, den Umständen entsprechend!«

Der Arzt fing an zu lachen.

»Na Humor haben sie ja wieder!«

Vanessa hatte tatsächlich ihre Lachmuskeln bewegt.

»Wir müssen noch ein paar Tests machen und die Gynäkologin wird noch mal nach ihnen sehen. »ich würde sie gerne noch einen Tag hier behalten um sicherzustellen, dass wir nichts übersehen haben.«

»Aber, ich dachte, dass ich heute schon entlassen werde, dann noch einen Tag!« Vanessa sah den Arzt mit großen Augen an und holte tief Luft.

»Ich sehe später noch einmal nach ihnen! »ach übrigens, der Inspektor wollte sie noch einmal befragen.«

»Danke Herr Doktor!«

Dann verließ er den Raum. Ein paar Minuten später eilte auch schon die Kripo herbei. Die drei, die vor der Tür standen sahen sich an und wussten sofort, dass sie von der Polizei waren.

»Oh nein, nun wird sie schon wieder befragt, hoffentlich hält sie das durch.«, meinte Frank.

»Was du immer hast, sie ist stark und hält den Druck stand.«, antwortete Tommy.

»Hallo Frau Sörensen, wie geht es ihnen, sind sie in der Lage, noch einmal ein paar Fragen zu beantworten? »es dauert auch nicht lange!«

Vanessa setzte sich auf die Bettkante, ihr Gesicht war verbittert. Je mehr sie auf die Ereignisse angesprochen wurde, desto abartiger wurde sie.

»Ja, fragen sie nur, ich bin bereit!«

Sie erzählte ihm noch einmal, wie sich alles zugetragen hatte. Manchmal flossen ein paar Tränen über ihr Gesicht. Aber sie hielt es tapfer durch.

»So, Frau Sörensen, ich habe alles, nach ihrer Aussage wird es nicht lange dauern, bis wir auch den zweiten Täter gefasst haben. »ich wünsche ihnen alles Gute und gute Besserung!«

»Danke, Herr Inspektor!«

Nun war sie erleichtert, dass alles raus war. Sie atmete tief durch und ließ sich nach hinten aufs Bett fallen und streckte sich. Inzwischen hatte der Inspektor das Zimmer verlassen. Die drei saßen noch wie versteinert auf ihren Stühlen und sahen, wie der Inspektor an ihnen vorbeirauschte. Nach geraumer Zeit raffte Vanessa sich auf und ging zur Tür hinaus, um die drei rein zu holen.

»Kommt rein, ich will euch etwas sagen. »entschuldigt, dass ich so barsch zu euch gewesen bin, aber ihr müsst mich auch verstehen.«

»Aber, dass tun wir doch!«, antwortete Frank.

Nun setzten sich alle drei neben ihr aufs Bett. Frank hielt ihre Hand ganz fest an sich.

»Ich muss euch sagen, dass ich noch eine Nacht zur Beobachtung bleiben muss. »dann kann ich mich noch ein wenig erholen.«

»Ich verstehe das ja, dass du noch hierbleiben musst, ruhe dich ruhig noch ein wenig aus, morgen sieht alles wieder anders aus.«, meinte Sonja.

»Ja aber, was sollen wir so lange machen? »sollen wir draußen nur herumrennen, während du hier liegst.«, meinte Tommy besorgt.

»Nein, dass braucht ihr nicht, ihr braucht euch nicht um mich zu kümmern, ich komme alleine klar. »ihr könnt ruhig wieder nach St. Johann zurückkehren, ich komme dann morgen nach. »ihr braucht euch keine Sorgen um mich zu machen!«

Frank konnte es nicht fassen, dass sie nicht gesagt hatte, dass er bei ihr bleiben sollte, dass machte ihn traurig. Aber er sprach sie noch einmal an.

»Vanessa, soll ich wenigsten bei dir bleiben, dann bist du nicht so alleine.«

»Nein, ich möchte das du auch fährst, ich will meine Ruhe haben, dass verstehst du doch, oder habe ich mich nicht klar genug ausgedrückt!«

Frank war baff, dass hätte er niemals von ihr gedacht.

»Na gut, du musst es ja wissen, dann fahren wir eben wieder.«

Vanessa war griffig und gereizt, sie wollte nur noch ihre Ruhe haben.

»Bitte geht jetzt!«

»Ist ja gut Vanessa, wir gehen ja schon!«

Aufgebraust stand er von Vanessas Bett auf und ging wutentbrannt und ohne sich noch einmal umzusehen aus dem Zimmer.

Er hörte noch wie sie sagte, bis morgen. Nun verließen die drei mürrisch das Krankenhaus.

»Was machen wir jetzt!«, fragte Sonja.

»Ich habe die Schnauze gestrichen voll, so behandelt man keinen Freund, wir fahren zurück, so wie sie es wollte.«, sagte Frank.

»Wenn sie keine Hilfe haben will, dann tut es mir leid.«, antwortete Sonja.

Die Sonne stand bereits sehr hoch und es wurde zu nehmend schwüler. Es war auch schon später Nachmittag und es sah wieder nach einem Gewitter aus.

»Puh, ist das heiß, im Krankenhaus war es schön kühl.«, meinte Sonja.

»Du sagst es!«, erwiderte Tommy.

Die ganze Zeit auf dem Weg zum Bahnhof sagte Frank kein Wort. Tief bedrückt und voller Schuldgefühle ging er vor sich hin. Tommy und Sonja schmusten unterdessen die ganze Zeit und hielten Händchen.

Endlich kamen sie verschwitzt am Bahnhof an. Sonja schaute auf den Abfahrtsplan.
»Wir haben Glück, in 15 Minuten kommt der Zug.«
»Fahrt ihr nur, ich bleibe hier!«, sagte Frank spontan.
»Was willst du hier machen?«, erwiderte Tommy.
»Dann bin ich morgen wenigstens bei ihr, ob sie es will oder nicht.«
»Du spinnst doch, du hast doch gehört, dass sie keinen von uns sehen will.«, meinte Sonja.
Frank stand da wie ein begossener Pudel und zuckte nur seine Schultern.
»Sie kommt doch morgen hinterher, mach dich nicht verrückt, was willst du hier überhaupt machen?«
Frank dachte noch einmal nach.
»Ach was soll´s, wir fahren!«

Dann traf auch schon der Zug ein, es war ziemlich voll und es war kaum noch ein Platz frei.

»Kommt, sehen wir uns mal in den Abteilen um, vielleicht finden wir ja noch einen Platz.«, meinte Sonja.

Je näher sie einem Abteil kamen, hörten sie laute Musik uns viel Gerede.

»Siehst du Frank, nun haben wir sogar Musik, was willst du mehr!«, meinte Tommy.

»Das ist mir scheiß egal, ich will meine Vanessa wiederhaben!«

»Sieh mal Sonja, dort hinten sind noch Plätze frei.«, sagte Tommy.

»Dann los, ehe sie weg sind!«, meinte Sonja.

Es war ein fröhliches Treiben, die jungen Leute waren wohl in den Ferien und wollten wohl ins Jugendlager. Am späten

Abend trafen sie wieder in St. Johann ein. Frank war immer noch nicht zu beruhigen.

»Wollen wir noch was unternehmen?«, fragte Tommy.

»Nein, heute nicht mehr, ich bin zu Müde, ich gehe gleich auf mein Zimmer und schlafe mich mal richtig aus.«, antwortete Sonja.

»Und du Frank? »wollen wir in die Disco und mal richtig wieder ab rocken?«

»Tommy, nimm es mir nicht übel, ich möchte alleine sein, ich hoffe, du verstehst das!«

»Du bist ja eine Pussy! »dann hau doch ab! »Sonja komm, lass uns gehen!«

Sie drehten sich beide um und ließen Frank alleine stehen. Frank musste seinen Kummer runterspülen und ging in die Disco. Es war mächtig viel Trubel, man konnte sein eigenes Wort nicht verstehen. Er setzte sich an die Bar und bestellte sich ein Bier, dass er hastig austrank. Überall saßen und tanzten hübsche Mädels. Plötzlich sprang er vom Barhocker auf und ging an einem Tisch, wo zwei Mädels saßen. Eine blonde und eine Brünette. Er war nicht mehr ganz nüchtern.

»Darf ich mich zu euch setzen?«

»Hau ab, du bist ja besoffen und du störst!«, sagte die Blonde.

»Das ist mir egal!«

Dickfellig setzte er sich zu den beiden.

»Wollt ihr was trinken?«

»Nein, wir wollen nichts von dir«, antwortete die Brünette.

Nun stand die Blonde auf und schubste ihn an, sodass er vom Stuhl fiel.

»Wenn du unbedingt ärger haben willst, kannst du ihn haben, unsere Freund sind gleich da. »also verpiss dich!«

Langsam rappelte er sich wieder hoch.

»Ist ja gut, ich gehe ja schon!«

Anschließend ging er wieder an die Bar und trank ein Bier nach dem anderen und gegen morgen torkelte er aus der Disco und schlich zu seiner Pension. Er polterte die Treppen rauf, sodass jeder wach wurde. Er riss die Zimmertür auf und schmiss sich gleich aufs Bett. Tommy bekam von all dem nichts mit. Er schlief tief und fest. So langsam wurde es Morgen und eine frische Brise kam ins Zimmer, es regnete mal wieder. Tommy hatte wohl das Fenster während der Nacht das Fenster geöffnet. Allmählich wurde Tommy wach und sah auf Frank, der kräftig nach Alkohol stank. Schnell sprang Tommy zum Fenster und riss es weit auf. Allmählich wurde auch Frank wach, aber er fiel immer wieder aufs Bett zurück. Er musste einen mächtigen Kater gehabt haben. Immer wieder fasste er sich an den Kopf.

»Oh, ist mir schlecht! »ich glaub, ich muss kotzen!«

»Du konntest wohl wieder den Hals nicht vollkriegen!«

Frank hielt sich den Mund zu und rannte auf die Toilette. Tommy hörte noch wie er würgte. Tommy hatte genug und ging aus dem Zimmer in die Frühstücksstube. Unterdessen sprang Frank unter die Dusche um einigermaßen klar zu kommen. Nach einiger Zeit kam auch er in die Frühstücksstube.

»Man, siehst du scheiße aus, du musst ja gesoffen haben!«

»Frag mich nicht, ich hätte bald noch die Jacke bekommen.«

»Trink mal erst einen starken Kaffee, dann wirst du wieder munter!«

Vanessa hatte eine ziemlich unruhige Nacht zu überstehen. Immer wieder quälten sie schlimme Alpträume. Sie wälzte sich hin und her und träumte immer wieder von ihren Peinigern.

»Nein, nein, tu mir nichts, hör auf, bitte, bitte!«

»Ach stell dich nicht so an, ein Gruppenmatch ist genau das Richtige für dich.«

»Aua, ihr tut mir weh, lasst mich gehen ich verrate euch auch nicht.«

»Hör auf zu jammern, sonst tun wir der sehr weh, dass willst du doch nicht!«

Dann schlug sie die Augen auf, Schweiß durchtränkt kam sie langsam zu sich, ihr ganzer Körper zitterte.

Ihre Hände waren Eiskalt. Ihre Angst war praktisch zu fühlen. Immer wieder sah sie sich im Zimmer um, als wären die Verbrecher unmittelbar bei ihr. Nur allmählich begriff sie, dass sie einen schweren Alptraum hatte. Schwerfällig stieg sie aus dem Bett um zur Toilette zu gelangen um sich frisch zu machen. Es war schon nach Mitternacht, es war nur die Notbeleuchtung an. Vorsichtig steckte sie ihren Kopf aus der Tür und sah sich nach allen Seiten um. Gerade als sie vor der Toilettentür stand und sie aufmachen wollte, hörte sie ein lautes poltern. Sie hatte sich so erschrocken und rannte sofort wieder in ihr Zimmer. Sie stellte sich hinter die Tür und ließ sie einen Spalt auf, sodass sie sehen konnte, ob Jemand aus der Toilettentür oder den Gang entlangkam. Doch sie konnte aufatmen, es war nur eine andere Patientin, die aus der Toilette kam. Schnell rannte sie zur Toilette und machte sich frisch und legte sich wieder zu Bett. Nach einiger Zeit des Nachdenkens schlief sie ein. Bereits am frühen Morgen erwachte sie wieder. Völlig fertig von der Nacht stand sie auf und begab sich zum Fenster und öffnete es weit. Sie holte ein paarmal kräftig Luft und atmete die frische Luft ein. Die ersten Sonnenstrahlen fielen auf ihr Gesicht. Sie sah gen Himmel, die Sonne meinte es wieder gut. Es sollte wohl wieder ein herrlicher Tag werden. Sie sah auf einen Baum, der Unmittelbar auf dem Krankenhauspark stand. Fröhlich sang eine Amsel auf einen Zweig, die den schönen Tag wohl einläutete. Ein zaghaftes Lächeln war auf ihren Lippen erkennbar. Sie dachte an ihre Freunde. Sie machte sich wieder Vorwürfe, dass sie die drei wegschickte, vor allem Frank. Er wäre eine gute Unterstützung während der Nacht gewesen. Diesen Vorwurf musste sie sich wohl machen.

Unterdessen waren Frank und Tommy beim Frühstück. Frank fasste sich immer wieder an den Kopf und Tommy grinste nur.

»Sag mal Tommy, als ich in der Nacht ins Zimmer kam, war ich sehr laut?«

»Das kann ich dir nicht sagen, ich war gestern ziemlich kaputt, ich habe nicht mehr mitbekommen. »wenn du zu laut warst, wirst du es wohl gleich erfahren, da kommt nämlich schon Frau Winkler.«

Dann kam sie auf die beiden zu.

»Na meine Herren, es ist wohl gestern wieder ein bisschen spät geworden, was!
»das nächste Mal etwas leiser, hier wohnen noch andere Gäste. »die haben sich nämlich beschwert über sie. »dies ist die letzte Verwarnung, also halten sie sich daran!«

Frank wurde knallrot im Gesicht und wusste nicht wo er hinschauen sollte.

»Frau Winkler, ich muss mich entschuldigen, ich war es alleine, mein

Freund hat nichts damit zu tun. » es kommt nicht wieder vor, ich werde mich bemühen.«

»Na hoffentlich!«

Mit einem Grinsen ging sie wieder weg.

»Frank, wenn du scheiße baust, bekomme ich es auch gleich eine auf den Sack. »findest du das fair?«

»Nein, entschuldige, ich nehme ja die Schuld auf mich. »nun lass es mal gut sein.«

Dann standen sie auf und gingen nach draußen.

»Die Kopfwäsche muss ich erst mal verdauen.«, meinte Frank.

Aus der Ferne sahen sie wie Sonja ihnen schon entgegen kam.

»Wir wollten dich gerade abholen, hat sich Vanessa schon bei dir gemeldet?«, fragte Frank.

»Nein, bei mir auch nicht!«

»Hoffentlich hat sie eine ruhige Nacht gehabt, aber das mag ich bezweifeln.«, antworte Frank. »ich wollte ja bei ihr bleiben, aber sie wollte es ja nicht, dass hat mich ziemlich verletzt, aber na ja.«
Sonja strich Frank übers Haar und gab ihm einen Kuss auf die Wange.
Er schmunzelte nur.
»Ich bin ja gespannt, wann sie eintrifft, hoffentlich nicht so spät.«, sagte Frank.
»Aber jetzt schon zum Bahnhof gehen und auf sie warten, nein, lieber, nicht, sie wird sich bestimmt melden.«, meinte Sonja.
Um die lange Weile zu überbrücken schlenderten sie durch die alten Gassen und sahen sich Schaufenster an. Die Sonne meinte es wieder gut. Aus Tommys langen Haaren triefte der Schweiß.
»Puh, ist das heiß!«, stöhnte Frank und wischte sich den Schweiß aus der Stirn.

»Tommy, du solltest deine Haare zu einem Zopf zusammenbinden, ich weiß wovon ich rede, so mach ich es immer, wenn mir heiß ist.«, meinte Sonja.

»Ja, du hast recht, dann mach ich das!«

Frank hatte eine Idee.

»Wie wäre es, wenn wir Minigolf spielen gehen, dann ist es nicht so langweilig, bevor Vanessa wieder bei uns ist.«

Und so spielten sie den Vormittag Minigolf. Frank war gut drauf, immer wieder machte er Grimassen und sie lachten alle. Hin und wieder tranken sie eisgekühlte Getränke. Die Stimmung war gut. Die Zeit eilte davon, es war bereits am frühen Nachmittag und Vanessa hatte sich noch immer nicht gemeldet. Langsam wurden sie ungeduldig. Sonja fasste eine Entscheidung.

»Leute, ich werde zum Hotel zurückgehen und nachfragen, ob sie sich gemeldet hat.

»ihr könnt hier so lange warten, vielleicht komm sie ja so.«

In der Zwischenzeit gönnten sich Frank und Tommy noch ein paar Cocktails, während sie warteten. Aber Sonja kam ohne Vanessa zurück. Sie zuckte nur ihre Schultern. Von Vanessa keine Spur. Frank wurde wieder ungeduldig.

»Aber was machen wir jetzt, kein Verlass auf Vanessa, hoffentlich ist nicht wieder etwas passiert.«

»Ja, aber uns bleibt nichts Anderes übrig, als abzuwarten.«, meinte Tommy.

Sie gingen gemeinsam zum Hotel zurück und warteten ab. Frank sah immer wieder auf seine Uhr und die Zeit verging.

Vanessa wartete noch immer auf ihre Entlassungspapiere. Sie lief mehrmals den Flur auf und ab. Hin und wieder legte sich aufs Bett.

Der Arzt der die Papiere aushändigen sollte hatte eine schwierige Operation, dadurch verzögerte sich die Entlassung. Endlich kam der Arzt.

»Tut mir leid, Frau Sörensen, die OP. hat länger gedauert, als erwartet!«

»Ja, geht schon in Ordnung!«

Es war bereits später Nachmittag, als sie das Krankenhaus verließ. Schnell eilte sie zum Bahnhof. In der Eile dachte sie nicht mehr daran im

Im Hotel anzurufen, wann der Zug in St. Johann eintraf. Sie hatte Glück, dass auch gleich ein Zug eintraf. Sie konnte es kaum erwarten Frank wieder in die Arme zu schließen.

Inzwischen saßen die drei Freunde in der Hotellobby und dösten vor sich hin. Warten und nochmals warten, mehr konnten sie nicht machen.

»Wollen wir zum Bahnhof gehen und dort auf sie warten!«, meinte Tommy.
»Du hast recht, so machen wir das.«, erwiderte Sonja.
»Na gut, ich bin dabei.«, antwortete Frank.

Unterdessen stieg Vanessa in den Zug ein. Die Abteile waren ziemlich leer, so hatte sie freie Auswahl, was den Platz betraf. Sie setzte sich auf einen Fensterplatz und sah nach draußen. Im Zug war es sehr warm, kein Wunder, draußen war es so um die 30 Grad warm. Sie wollte gerade was trinken, doch sie bekam die Flasche nicht auf. Schräg gegenüber saß ein junger Mann, der das beobachtete.
»Entschuldigung, kann ich dir helfen?«
Sie erschrak kurz und sah ihn an. Es war ein junger blonder und großer Mann. Er

sah ziemlich gut aus. Sie brachte erst kein Wort heraus.

»Oh, ich bekomme die Flasche nicht auf!«

»Dann gib sie mir mal, vielleicht bekomme ich sie auf!«

Er nahm die Flasche und öffnete sie.

»Darf ich mich zu dir setzen!«

»Ja bitte, aber du sitzt ja schon!«

»Oh, entschuldige, ich bin der Christoph!«

»Ich bin die Vanessa!«

Uns so kamen sie ins Gespräch.

»Wo willst du denn hin!«, fragte sie ihn.

»Ich muss nach Wien, ich wohne dort und arbeite in Kitzbühel im Hotelmanagement.«

»Da hast du ja einen schönen und interessanten Beruf.«

»Na ja, es geht so, ziemlich anstrengend!

»aber wo kommst du denn her?«

»Ich komme gerade aus dem Krankenhaus und bin auf dem Weg nach St. Johann.

»ursprünglich stamme ich aus Kopenhagen.«

»Ah, du bist Dänin, sprichst aber sehr gut deutsch!«

»Ja, das habe ich in der Schule gelernt, ich verbringe hier meine Semesterferien mit Freunden.«

»Du siehst ziemlich blass aus, du sagtest, dass du aus dem Krankenhaus kommst, ist es was Schlimmes?«

Er war ihr sehr sympathisch, sie zögerte erst, aber dann erzählte sie was passiert war. Er war baff, er wusste erst gar nicht was er sagen sollte.

»Oh mein Gott, was hast du nur durchgemacht. »das muss ja furchtbar für dich gewesen sein und dann fährst du ganz alleine?«

»Ich musste mal alleine sein um nachzudenken, mir läuft im Moment so vieles durch den Kopf. »ich muss selber mit mir klarkommen. »ich habe gestern meine Freunde weggeschickt. »mein Freund war richtig sauer!«

»Ich kann ihn gut verstehen, hoffentlich steht er auch weiterhin zu dir!«

»Da mach ich mir keine Sorgen, er ist eine treue Seele.«

Sie redeten und redeten, bis der Zug in St. Johann eintraf.

»So Christoph, ich muss aussteigen, hat mich gefreut, dich kennengelernt zu haben, dir noch eine schöne Fahrt!«

»Ganz meinerseits, hab noch eine schöne Zeit und lass den Kopf nicht hängen. »wenn dir danach ist, besuche mich mal in Kitzbühel, ich würde mich freuen.«

Sie konnte nicht anders, sie nahm ihn einfach in den Arm, dann stieg sie aus. Sie winkte ihn noch kurz zu, dann fuhr der Zug ab.

Am Bahnsteig warteten bereits ihre Freunde. Frank konnte es kaum abwarten, sie in die Arme zu schließen. Schnell rannte er auf sie zu.

»Vanessa, da bist du ja endlich!«

»Hallo Frank!«

Sie nahmen sich in die Arme, aber ihr Blick war leer, die Gefühle waren nicht da, wie es früher immer war. Aber es flossen bei beiden ein paar Tränen.

»Oh Vanessa, ich bin ja so froh, dass du endlich wieder bei mir bist, ich liebe dich!«

Ihre Antwort kam kalt rüber.

»Ich liebe dich auch!«

»Warum hast du dich nicht gemeldet, ich habe mir solche Sorgen gemacht.«

»Ich habe nicht mehr daran gedacht anzurufen und außerdem hatte der behandele Arzt eine Notoperation, deshalb hatte es länger gedauert. »aber jetzt bin ich ja da, alles wird gut!«

»Hallo Vanessa, wir sind auch noch da!«, meldeten sich Sonja und Tommy.

»Entschuldigt bitte, natürlich euch auch Hallo!«

Nachdem sie sich alle begrüßt hatten, verließen sie den Bahnhof und schlenderten durch die Gassen. Immer wieder wischten sie sich den Schweiß von der Stirn, so heiß war es.

»Oh, ist mir heiß!«, stöhnte Sonja.

»Lass uns doch was trinken gehen, in einem Biergarten!«, antwortete Tommy.

»Das ist eine gute Idee!«, erwiderte Sonja.

Frank wurde stutzig.

Wir müssen uns nach Vanessa richten, ob sie das überhaupt will, nach ihrem Krankenhaus Aufenthalt.«

»Geht schon in Ordnung, ich muss mal was Anderes sehen, schlafen kann ich später immer noch.«

Für den Moment war sie glücklich, aber im tiefen ihres Inneren war sie sehr angeschlagen, aber sie konnte es gut verschleiern. Selbst Frank konnte ein Lächeln über seine Lippen bringen. Sie setzten sich in einen Biergarten und tranken in fröhlicher Runde. Es wurde spät und sie hatten schon mächtig einen sitzen. Durch den Genuss vom Alkohol vergaßen sie alles was um sie passiert war. Der Himmel verdichtete sich und dicke schwarze Wolken gingen ineinander über. Die ersten Tropfen fielen bereits auf die trockene Erde. Dann zischten die Blitze und es fing an zu donnern. Schnell standen die Gäste von ihren Sitzen auf, als wären sie in Panik. Die vier rannten so schnell wie sie konnten in die trockene Gaststube. Sie ergatterten einen Fensterplatz und sahen sich das Spektakel durch die Fensterscheibe an.

»Seht mal, wie viele Blitze auf einmal zischen.«, meinte Sonja.

»Ja und erst der Donner, der ist so laut, als würde es in der Nähe einschlagen. «, erwiderte Frank.

Noch lange sahen sie nach draußen und bewunderten das Schauspiel. Aber bald war alles wieder vorbei. Allmählich beruhigte sich wieder alles und die Normalität trat wieder ein.

»So, nun habt ihr genug gesehen, dann können wir ja gehen, ich werde langsam müde.«, meinte Sonja.

»Ja aber vorher gehe ich noch mal für kleine Mädchen, meine Blase drückt.«, antwortete Vanessa.

»Dann schließe ich mich dir an!«, meinte Sonja.

Dann gingen die beiden gemeinsam auf die Toilette.

Frank und Tommy konnten den Hals nicht vollkriegen und tranken noch schnell ein Bier.

»Sag mal Tommy, was ist mit Vanessa los, so kenne ich sie gar nicht, sie ist richtig gut drauf, so mag ich sie.«

»Na hoffentlich bleibt das auch so, nicht das sie wieder in ein tiefes Loch fällt, das wäre ja furchtbar.«

»Nein, ich glaube sie ist selbstsicherer geworden.«

Dann kam Sonja bereits alleine wieder.

»Wo hast du Vanessa gelassen?«, fragte Frank.

»Wieso ist sie noch nicht wieder hier, dann ist sie wohl noch auf dem Klo.«

Die Toiletten waren etwas weiter entfernt, es ging eine steile Treppe nach unten und es war nicht gut beleuchtet. Die Gewölbe waren sehr alt und man konnte sich schnell verlaufen, obwohl alles beschriftet war. Vanessa saß noch auf dem Klo, als sie plötzlich Schritte hörte. Sie erschrak und zog sich schnell ihre Hose hoch. Sie bekam Panik und setzte sich verkrampft in eine Ecke der Toilette.

»Sonja, bist du das?«, flüsterte sie leise.

Doch sie bekam keine Antwort. Nun war auch ein lautes Geräusch zu hören. Sie zitterte am ganzen Körper und traut sich nicht die Toilettentür zu öffnen. Ihr Herz schlug bis zum Hals. Mit leiser Stimme rief sie erneut.

»Sonja!«

Erneut keine Antwort. Ihre Panik wurde stärker, als sie auch noch Stimmen hörte. Es war mehr ein Gesang. Allmählich wurden die drei stutzig, von Vanessa noch immer keine Spur.

»Langsam wird es mir zu blöd, ich gehe selbst zur Toilette um nach ihr zu sehen.

»sie kann doch nicht so lange auf dem Pott sitzen.«, meinte Frank.

Sonja und Tommy begleiteten ihn. Als sie sich den Toiletten näherten, sahen sie nur eine Putzfrau, die die Toiletten reinigte. Die meisten Gäste hatten bereits das Wirtshaus verlassen.

»Vanessa, wo bist du?«, rief Frank.

Aber sie antwortete nicht, so groß war ihre Angst. Dann trat Sonja in die Damentoilette ein.

»Vanessa, bist du hier?«

Sie bekam auch hier keine Antwort von ihr. Frank wartete vor der Damentoilette. Sonja sah, wie der Riegel einer Toilettentür auf Rot stand.

Sie klopfte an die Tür. Es kam eine leise Antwort herüber.

»Tut mir nichts!«

»Aber Vanessa, ich bin es doch, Sonja!«

Sie musste ein paarmal rufen und klopfen, bis sie endlich kapierte, dass es nur Sonja war. Endlich stand sie aus der Ecke auf und öffnete vorsichtig die Tür. Als Sonja sie sah, bekam sie ihren Mund nicht mehr zu. Kreidebleich war sie und sie zitterte am ganzen Körper.

»Vanessa was ist mit dir, hier ist Niemand, nur die Putzfrau!«

Vanessa fiel Sonja in die Arme und drückte sie fest an sich. Dann gingen sie aus der Tür. Sofort nahm Frank sie in die Arme und fragte, was denn los sei.

»Da war Jemand, ich hatte Angst und bekam Panik.«

»Aber hier ist Niemand, nur die Putzfrau, die hier saubermacht. »aber ich habe ein paar Mal gerufen, warum hat sie nicht geantwortet?«

»Sie kann dich nicht hören, sie ist Taubstumm, ich habe mich selbst davon überzeugt, nun beruhige dich, wir gehen wieder in die Gaststube, dort kannst du dich erholen.«

Sie beruhigte sich schnell wieder.

»Oh, ist mir das Peinlich, warum mache ich immer so einen Aufstand um nichts.«

»Das verstehen wir ja, es ist ja noch nicht lange her, was dir passiert ist. »das ist vollkommen normal.«, meinte Tommy.

Nachdem sich die Gemüter beruhigt hatten, bezahlten sie die Zeche und gingen nach draußen.

»Es regnet nicht mehr!«, sagte Frank.

Es kam ein leichter Windzug auf, obwohl es immer noch sehr schwül war, trotz des Regens. Nun schlenderten sie eng umschlungen entlang der Gassen, dabei kamen sie an einem Wildbach vorbei. Sie sahen nach unten in die tosenden und aufbrausenden Fluten. Das Rauschen war so laut, dass man sein eigenes Wort nicht verstehen konnte. Von der Brücke aus ging es steil nach unten. Wer hier reinfallen würde, der hätte keine Chance, dort wieder Lebend herauszukommen.

»Kommt, lasst uns bloß von hier verschwinden, bei dem Anblick wird mir schwindelig!«, meinte Vanessa.

»Das ist aber auch ein reißender Wildbach!«, erwiderte Tommy.

Sie gingen weiter und plötzlich kam starker Wind auf. Vanessas lange Haare flogen Frank um die Ohren.

»Vanessa, binde bitte deine Haare zusammen, das nervt!«

»Stell dich nicht so an, ist doch schön, wenn die Haare uns um die Ohren fliegen.«, erwiderte Sonja.

Nun machte auch Sonja ihre Haarspange auf und lies auch ihre Haare im Wind tanzen.

»Da sieht ja heiß aus, wie eure Haare fliegen.«, meinte Frank.

Den ganzen Weg entlang hatten sie nur Blödsinn im Kopf. Das machte Vanessa so richtig Spaß. Die beiden Jungs brachten die Mädel bis zum Hotel.

»So ihr zwei, ihr seht ja ziemlich mitgenommen aus, wollt ihr, dass wir noch mit hochkommen?«, meinte Frank.

»Nein, Jungs, lasst mal, wir sind Hundemüde, wir wollen nur noch schlafen.«

»Schade, na ja, dann schlaft gut und träumt was Süßes!«, antwortete Frank.

Dann gaben sie sich noch einen Abschiedskuss und jeder ging seine Wege.

»Ciao, wir sehen uns morgen, wir holen euch ab!«, antwortete Tommy.

Es wurde ziemlich ungemütlich, Regen, Sturm und Gewitter zogen durch die Nacht. Frank saß auf seinem Bett und wurde nachdenklich. Er dachte an Vanessa und wie es mit ihr weitergehen würde. Er sah dabei auf Tommy, der schon tief und fest schlief. Frank beneidete ihn, mit seiner Sonja gab es überhaupt keine Probleme, sie verstanden sich Super. Aber er liebte nun mal Vanessa. Er sehnte sich wieder nach einer gemeinsamen Nacht mit ihr. Er vermisste ihre Zärtlichkeit und ihre Anschmiegsamkeit. Er träumte noch lange von ihr. Von einer gemeinsamen Nacht mit ihr war er weit entfernt. Zuviel hatte sie durchgemacht und erlebt. Er gab aber die Hoffnung nicht auf, dass sie noch eine gemeinsame Zukunft haben würden. Er träumte noch lange, bis auch er einschlief. Unterdessen waren auch die Mädels auf ihrem Zimmer angekommen. Sie unterhielten sich auch eine ganze Zeit. Beide saßen auf ihre Betten und sahen sich an. Sonja ahnte, dass mit ihr etwas nicht stimmte.

»Sonja, ich weiß nicht wie es weitergehen soll, ich habe solche Angst, dass Frank mich verlassen könnte, ich kann im Moment nicht mit ihm schlafen. »ich habe einen Ekel davor, es geht einfach nicht!«

»Vanessa, ich verstehe dich sehr gut, aber wenn er dich wirklich liebt, wird er dich verstehen, gib ihm genügend Zeit.«

»Ja, aber du weißt doch, dass Männer anders ticken! »vielleicht ist es besser, wenn wir uns trennen. »es wäre für jeden besser. »Frank ist so ein lieber Kerl, ich will ihn nicht noch mehr weh tun. »gleich morgen werde ich mit ihm reden. »wie kommst du eigentlich mit Tommy klar?«

»Ja, mit Tommy, wir lieben uns halt, er ist so ein prima Mann, ich möchte ihn nicht mehr missen. »mit ihm kann man Pferde stehlen gehen. »er ist sehr anschmiegsam und fürsorglich.«

Sie schwärmte gerade so von ihm und schwebte auf Wolke sieben. Vanessa standen Tränen in den Augen, als sie das hörte.

»Ich wünsche euch alles Gute und Liebe für die Zukunft!«

Sie redeten noch lange, bis sie vor Müdigkeit einschliefen. Ungewollte Träume schwebten über Vanessa, ganz anders, als die ewigen Alpträume der vergangenen Tage. Sie träumte, dass sie mit einem anderen Mann auf einer einsamen Insel war. Sie trugen weiße Kleider und einen Blumenkranz auf ihren Köpfen. Die Vögel sangen seltsame Lieder und aus der Ferne erklangen Gesänge, die sie vorher noch nie gehört hatten. Alles sehr merkwürdig. Auf einmal wurde Vanessa wach und stand kerzengerade auf ihrem Bett. Davon wurde Sonja wach und erschrak. Schnell ging sie auf Vanessa zu und hielt sie fest, sodass sie nicht nach hinten fiel. Es hätte sonst was passieren können.

»Vanessa, was ist mit dir, hast du wieder geträumt? »du bist ja klatsch nass, setz dich wieder hin!«

»Mein Gott, hatte ich einen schönen Traum, ganz anderes als die qualvollen Nächte davor. »ich habe von einem anderen Mann geträumt, den ich im Zug kennengelernt habe! »er hieß Christoph! »wie komme ich nur auf ihn? »habe ich dir das nicht erzählt?«

»Nein, hast du nicht! »er ging dir wahrscheinlich nicht mehr aus den Kopf! »na, na Vanessa, ich sehe Glanz in deinen Augen!«

»Nein, nein, da war nichts, wir haben uns nur gut verstanden. »aber es war trotzdem ein schöner Traum, schade, dass er zu Ende ging.«

»Komm wieder runter Vanessa, der Traum ist vorbei!«

Sonja schüttelte nur ihren Kopf und fing an zu lachen.

»Dann werde ich mal duschen gehen!«, meinte Vanessa.

Sie stellte sich unter die Dusche und cremte sich ein und ließ das kühle Nass auf ihren Körper niederprasseln. Vor lauter Dunst sah sie nichts und merkte nicht, dass Sonja auch im Bad war. Plötzlich erschrak sie und rutschte fast noch aus.

»Sonja bist du es?«

»Wer soll das sonst sein, meinst du hier ist ein Geist, nun reiß dich mal zusammen!«

»Ich habe mich doch nur erschrocken, entschuldige!«

»Ist ja schon gut, bist du bald fertig, ich möchte auch noch duschen!«

»Ja, ich bin gleich soweit!«

Vanessa Stieg aus der Dusche und betrachtete ihren Körper vorm Spiegel.

»Sieh mal Sonja meine Brüste werden auch immer praller, wie siehst du das?«

»Nun hab dich mal nicht so, ich würde mich freuen, wenn ich solche Brüste hätte und außerdem hast du eine tolle Figur.

»nun stell dich mal nicht so an!«

»Deine sind auch ganz gut, du bist auch gut gebaut, du kannst dich nicht beklagen.«

»Na ja, wenn du meinst!«

Nachdem sie sich gegenseitig betrachtet hatten, klopfte es plötzlich an der Tür.

»Einen Moment!«, rief Vanessa.

Schnell zogen sie sich einen Bademantel über.

»Wir sind es doch nur, nun macht schon auf!«

»Was macht ihr schon so früh hier!«, rief Vanessa ihnen zu.

»Wir konnten nicht mehr schlafen, deshalb dachten wir, dass wir schon früher bei euch vorbeikommen.«, rief Tommy ihnen zu.

Dann öffnete Sonja die Tür.

»Oh, habt ihr geduscht?«, fragte Frank.

»Ja, wonach sieht es wohl aus!«, konterte Vanessa.

Frank staunte über Vanessas Äußerung, dass hatte er nicht erwartet von ihr. Er sah sie mit großen Augen an.

»Sei mal nicht so frech Vanessa, ich habe dir nichts getan!«

»Entschuldige, ich habe es nicht so gemeint!«

Schnell nahm sie ihn kurz in den Arm und flüchtig gab sie ihm einen Kuss auf die Wange. Ganz anders sah es zwischen Sonja und Tommy aus. Sie umarmten sich und küssten sich zärtlich. Frank wurde neidisch und wollte Vanessa auch küssen. Seine Augen glänzten, als er sie so Sexy im Bademantel sah. Er wollte sie auch küssen und ging auf sie zu.

»Vanessa, komm lass dich küssen, du siehst so super aus!«

Als er sich ihr näherte, stieß sie ihn weg. Er erschrak und konnte es nicht fassen, dass sie so reagierte.

»Aber Liebste, was ist bloß los mit dir, liebst du mich nicht mehr?«

Mit großen Augen sah sie ihn an, ihre langen Haare fielen über ihr Gesicht.

»Frank setz dich bitte mal neben mich, wir müssen reden!«

Sie legte ihre Hand auf seinen Oberschenkel.

»Frank, ich mag dich wirklich sehr gerne, aber im Moment ist mir alles zu viel, dass

musst du doch verstehen! »ich will dich ja nicht verlieren!«

»Ja, ich verstehe dich, aber ich liebe dich doch, ich will keine andere, ich will nur dich!«

Er nahm ihre Hand und drückte sie ganz fest an sich. Es rollten sogar ein paar Tränen über sein Gesicht.

»Frank, hör mir bitte zu! »es muss ja nicht zu Ende sein, ich will nur eine Auszeit! »ich möchte nicht eingeengt werden! »gib mir genügend Zeit!«

Klare Worte von ihr. Frank stand da, wie ein begossener Pudel. Er stand auf, ließ ihre Hand los und wischte sich die Tränen aus den Augen. Tommy und Sonja waren erstaunt über die klaren Worte von Vanessa. Sie sahen sich nur an und schüttelten ihre Köpfe. Frank verließ das Zimmer ohne Worte.

»Frank warte mal!«, rief Tommy ihm hinterher.

Dann drehte er sich zu Tommy um.

»Frank sei doch nicht so ein Weichei! »was sollen die Mädels von dir denken, du musst das akzeptieren, ob du willst oder nicht, sie hat im Moment keinen Bock auf dich, sieh das endlich ein!«

»Du hast ja recht, aber muss sie das so direkt sagen!«

Frank war äußerst ärgerlich, ohne weitere Worte verließ er das Hotel.

Tommy ging wieder zurück und setzte zu Sonja aufs Bett. Vanessa schmollte vor sich hin.

»Musste das sein Vanessa, er ist fix und fertig, er hat wutentbrannt das Hotel verlassen.«

»Ist mir egal, wenn er das nicht versteht, dann tut er mir leid!«

Sie schmiss sich aufs Bett und fing bitterlich an zu weinen. Sonja war besorgt und wollte sie trösten.

»Vanessa, was ist bloß los mit dir, so kenne ich dich gar nicht!«

»Ach, lass mich in Ruhe!«

»Ist ja schon gut! »komm Tommy, wir gehen frühstücken!«

Inzwischen war Vanessa eingeschlafen und wachte erst am Nachmittag

wieder auf. Sie bekam nicht einmal mit, dass Tommy bei Sonja im Bett lag. Frank hatte sich vor Kummer volllaufen lassen und lag mit Schädel brummen im Bett. Als Vanessa am späten Nachmittag aufwachte, traute sie ihren Augen nicht, als sie die beiden im Bett liegen sah. Noch ziemlich verschlafen stand sie leise auf und ging auf die Toilette. Langsam wurde auch Sonja wach, sie drehte sich kurz zu Tommy um, der noch fest und tief schlief. Sie wollte gerade aufstehen, als Vanessa erbost aus der Toilette kam.

»Na, habt ihr schön gepoppt? »ihr nehmt wohl überhaupt keine Rücksicht!«

»Was können wir dafür, dass du so verklemmt bist, dass hättest du auch haben können, aber du hast ihn ja weggeschickt.«

Die beiden waren ziemlich aufgebracht. Langsam wurde Tommy von dem Krach wach.

»Was streitet ihr euch schon wieder, habt ihr nichts Besseres zu tun?«

Aber die beiden hörten gar nicht hin, was Tommy sagte.

»Sollen wir durch deine Hysterie leiden und außerdem haben wir gar nicht gepoppt!«

»Steigert euch doch nicht so darein, dass bringt doch nichts.«, meinte Tommy.

Tommy konnte es nicht mehr hören und hielt sich die Ohren zu und vor Wut schmiss sich Vanessa aufs Bett und zog die Decke über ihren Kopf.

»Ja, ja, vergrabe dich nur und lass bloß keinen an dich heran!«, gab Sonja noch einen drauf.

»Leute, hört auf euch zu streiten, dass kann man ja nicht mit anhören, ihr benehmt euch ja wie kleine Kinder.»was habt ihr eigentlich für Probleme?«

Er fasste sich nur vorm Kopf und schüttelte ihn. Sonja setzte sich noch einmal neben Vanessa aufs Bett um mit ihr zu reden.

»Vanessa, hör mir bitte mal zu! »ich kann dich ja verstehen, aber wir hatten gestern zu viel getrunken, dass hat sich halt so ergeben, dass kannst du doch verstehen und wenn man sich liebt, kann das ja vorkommen, dass man miteinander schläft!«

Vanessa nahm die Bettdecke wieder von sich und sah Sonja verbittert an.

»Ich verstehe euch ja, aber trotzdem könnt ihr ja ein bisschen Rücksicht nehmen. »ich bin euch ja nicht Böse! »entschuldigt, ich habe es nicht so gemeint! »ihr könnt schließlich ja machen was ihr wollt!«

Dann lagen sie sich wieder in die Arme. Tommy fing wieder an zu grinsen.

»Na endlich seid ihr wieder vereint!«

»Hast du nun immer noch vor, dich von Frank zu trennen?«, fragte Sonja.

»Ich habe die ganze Nacht darüber nachgedacht und bin zu dem Entschluss gekommen, dass ich ihn doch noch Liebe! »aber ich will es langsam angehen.«

»Dann mach dich mal auf die Socken und sag es ihm!«, meinte Sonja.

Schnell stieg sie aus dem Bett und sprang noch unter die Dusche. Nachdem sie sich frisch gemacht hatte zog sie sich an.

»Vanessa, sei nicht so grob mit ihm, ein bisschen behutsam bitte! »er hat sich gestern wohl wieder volllaufen lassen, du weißt -bescheid.« rief Tommy ihr zu, gerade als sie das Zimmer verlassen wollte.

»Ja, ja, ich weiß schon, was ich tue!«

Sie schnappte ein paar Mal kräftig nach Luft und rannte in Windeseile zu Frank. Sie wollte erst anklopfen, aber sie merkte, dass die Tür nur angelehnt war, er hatte sie wohl vergessen zu schließen. Plötzlich stand sie mitten im Zimmer. Doch Frank schnarchte vor sich hin. Sie ging zum Fenster um es zu öffnen. Im Zimmer stank es wie in einer Kneipe. Sie setzte sich zu ihm ans Bett und rüttelte ihn wach. Er stammelte sich noch etwas in seinem Bart, dass aber keiner verstand. Nur allmählich wurde er wach. Er sah ziemlich mitgenommen aus und bekam seine Augen kaum auf. Endlich begriff er wer neben ihm saß. Er erschrak!

»Vanessa, du? »um alles in der Welt habe ich gerechnet, nur nicht mit dir! »bist du nur gekommen um mich wieder fertig zu machen, dann kannst du gleich wieder gehen. »ich mach mir die größten Sorgen um dich und was machst du, du putzt mich runter!«

»Frank, nun halt mal die Luft an, ich bin nicht gekommen um dich runter zu putzen, ich möchte mich bei dir entschuldigen. »ich habe die ganze Nacht über uns nachgedacht, ich will dich nicht verlieren, ich liebe dich doch, aber du musst mich auch verstehen, ich möchte ja auch mit dir schlafen, aber nach allem was mit mir passiert ist, bin ich noch nicht soweit. »immer, wenn du mich berührtest, bekam ich Panik und habe immer wieder an meine Peiniger gedacht. »ich bin einfach noch nicht soweit!«

Frank war sprachlos uns sah sie mit großen Augen an. Sie nahm ihn in den Arm und drückte ihn fest an sich und gab ihm sogar einen Kuss auf die Wange.

»Ach Vanessa, ich verstehe dich ja nur zu gut, auch ich muss mich entschuldigen, wir haben ja alle Zeit der Welt.«

Den beiden fiel ein Stein vom Herzen. Sie lagen sich noch lange in den Armen und erzählten sich über dies und das.

»Frank, als ich heute Morgen aufwachte und sah auf Sonja, da lag Tommy in ihrem Bett.«

»Ich habe mir schon so etwas gedacht, als er die Nacht nicht nach Hause kam.»der alte Schlawiner!«

Frank grinste und freute sich für die beiden.

»Wie hast du darauf reagiert, als du die beiden im Bett sahst?«

»Ich war erschrocken und erbost, damit habe ich ja nicht gerechnet, wir haben uns erst darüber gestritten, aber dann war alles gut.«

»Du bist ja richtig gut drauf, was ist los mit dir?«

»Ich fühle mich wieder einigermaßen gut, ich könnte sonst was unternehmen, ich habe mal wieder Lust zum Schwimmen. »was hältst du davon? »sieh nach draußen, die Sonne lacht und es wird wieder richtig warm.«

»Das hört sich gut an! »wir haben uns ja schon mal über den Schwarz See

unterhalten, aber es klappte ja nicht. »der Schwarzsee soll sehr schön sein, ich habe darüber gelesen. »es fährt extra eine alte Bimmel Bahn dort hin, der See liegt zwischen Kirchdorf und Kitzbühel, dort soll es auch sehr romantisch sein. »es ist ein ziemlich großer Moor See.«
Frank war wieder voll in seinem Element. Er hatte mal wieder einen Redefluss.
»Langsam Frank, komm wieder runter, wir müssen erst noch Tommy und Sonja fragen, ob sie mitwollen. »ich springe noch schnell unter die Dusche!«
Die beiden waren wieder überglücklich. Frank zog sich schnell an und dann gingen sie händchenhaltend zu den beiden. Alle Augenblicke blieben sie stehen und küssten sich. Die Sonne meinte es wieder recht gut. Nicht ein Windzug war zu spüren. Ein ideales Wetter um schwimmen zu gehen. Als die beiden ins Zimmer

eintraten staunte Sonja nicht schlecht, als sie die beiden händchenhaltend sah.

»Was ist denn mit euch los? »habt ihr euch wieder versöhnt, ich glaub es nicht!«

Vanessa grinste.

»Ja, wir haben uns ausgesprochen, es ist alles wieder in Ordnung!«, sagte Vanessa.

»Was meint ihr, wollen wir zum Schwarzsee fahren, Vanessa schwärmt gerade so davon.«

»Das ist eine gute Idee, ich habe den See schon auf Plakaten gesehen, dann lasst uns packen.«, meinte Sonja.

Ihre Gesichter strahlten, so vereint waren sie nicht immer.

»Wo wollen wir uns nachher treffen?«, fragte Frank.

»Wir treffen uns am besten am Bahnhof, so ist es am besten!«, meinte Sonja.

So ging Frank und Tommy zurück in ihre Unterkunft und suchten ihre Badesachen zusammen. Die beiden hatten noch einen Plausch miteinander.

»So, ihr beiden habt euch wieder lieb?«, fragte Tommy.

»Ja, wir haben uns ausgesprochen und ich kann sie jetzt besser verstehen. »aber sie will vorerst keinen Sex!«

»Kann ich verstehen, also nur küssen, na ja, wenn du meinst!«

»Warum grinst du so?«

»Na ja, kein Sex, nur platonisch!«, armer Frank!«

»Ja und, ich kann warten!«

»Wie du meinst!«

Nachdem sie sich ausgetauscht hatten, suchten sie ihre Badesachen zusammen und zogen los. Die Mädels diskutierten mal wieder.

»Wie kommt es Vanessa, dass du deine Meinung über Frank geändert hast?«

»Wir haben uns halt ausgesprochen, vorerst keinen Sex!«

»Und damit war er zufrieden?«

»Ja natürlich, hat er das, was soll die Fragerei?«

»Wenn man eine Frau oder Mann liebt, ist es doch selbstverständlich, dass es irgendwann zum Sex kommt, oder!«

»Ich bin aber noch nicht soweit, dass er sich gleich wieder auf mich stürzt, dafür habe ich zu viel durchgemacht.«

Vanessa regte sich so auf, sodass sie sich auf die Bettkante setzen musste. Doch Sonja zeterte weiter, bis Vanessa der Kragen platzte. Sie hielt sich die Ohren zu und wollte nichts mehr hören.

»Sonja, hör endlich auf, mich zu bevormunden, ich kann es nicht mehr hören, lass mich endlich zufrieden!«

»Ist ja gut, ich werde dich nicht mehr belästigen!«

Wutentbrannt stand Vanessa vom Bett auf und stand zornig vor Sonja.

»Lass es gut sein, du bist nicht meine Mutter!«

»Reg dich ab, ich sag ja nichts mehr!«

»Das will ich auch hoffen, sonst bist du nicht mehr meine Freundin, hast du das verstanden?«

»Jaaa!«

»Dann lass uns packen!«, meinte Vanessa.

»Oh, ich habe keinen vernünftigen Bikini mehr, ich muss mir unterwegs einen kaufen.«, antwortete Sonja.

»Oh, da fällt mir ein, ich stand neulich vor einem Geschäft, die hatten sehr schicke Bikinis, vielleicht kaufe ich mir auch einen.«, meinte Vanessa.

»So, nun lass uns mal gehen, die Jungs warten sicherlich schon auf uns.«

Tommy und Frank waren bereits am Bahnhof angekommen und warteten. Frank sah auf seine Uhr.

»Na, die Mädels haben sich sicherlich wieder gestritten.«

»Glaubst du?«

»Sonst wären sie schon hier!«

Sie warteten und warteten. Frank lief am Bahnsteig hin und her. Tommy hingegen saß auf einer Bank und starrte gen Himmel. Aber die Mädels ließen sich Zeit. Unterwegs kamen sie an dem Laden vorbei, von dem Vanessa so schwärmte.

»Sieh mal Sonja, der da vorne, der Blaue, mit den bunten Blumen, der sieht schick aus, blau wie das Wasser und Bunt wie eine Wiese voller Blumen. »der hat das gewisse etwas.«

»Und ich nehme den roten, gleich neben deinen, der sieht schick aus, rot wie die

Liebe und einen Hauch von Rubin. »den nehme ich!«

Nachdem sie die Bikinis gekauft hatten, gingen sie schnell zum Bahnhof.

»Na endlich seid ihr hier, was habt ihr so lange gemacht?«, fragte Frank.

»Wir haben uns neue Bikinis gekauft, ihr werdet staunen!«, rief Vanessa den beiden zu.

»Dann lasst mal sehen, was ihr da gekauft habt?«, fragte Tommy.

»Nein, nein, die werdet ihr erst sehen, wenn wir am See angekommen sind.«, antwortete Vanessa.

Nun lagen sie sich wieder in den Armen.

»Na, habt ihr euch wieder gestritten!«, fragte Frank.

»Ja, aber das ist alles geklärt! »bitte keine weiteren Kommentare!«, antwortete Vanessa.

Nun waren auf einmal alle still.

»Hört ihr, dort hinten kann ich schon die Bimmel Bahn hören, seht ihr das dampfen und den Qualm!«, schwärmte Tommy.

Ein dampfen und bimmeln kam ihnen entgegen.

»Wie, die Lok ist ja aus dem letzten Jahrhundert!«, meinte Tommy.

»Die wird extra für den Moor See eingesetzt, aber nur in den Sommermonaten, im Winter fährt sie nicht.«, antwortete Vanessa.

»So nach dem Motto, mit der kleinen Bimmel Bahn fahren wir über Stock und Stein.«, meinte Frank.

Nun stiegen sie in den Zug und setzten sich ins Abteil. Sie staunten nicht schlecht, alles genauso wie vor hundert Jahren. Dann rollte die Lok und schnaufte los. Sie sahen aus dem Fenster und entdeckten eine wundervolle noch unberührte Landschaft, mit Wiesen und Felder. Hin und wieder sahen sie auch Moorlandschaften. Hier konnten die Tiere und Vögel noch Tiere sein. Plötzlich zuckte Vanessa zusammen und sie wurde kreidebleich.

»Vanessa, was ist los, was hast du? »ist dir nicht gut?«

»Es geht schon wieder, nur mir lief es kalt den Rücken runter. »in solch einer Gegend muss ich gewesen sein. »es kam alles wieder hoch!«

Sie musste sich erst einmal setzen und tief durchatmen. Sonja setzte sich zu ihr und legte ihren Arm um ihre Schulter.

»Geht es wieder, Vanessa!«

»Ja, ja, es geht schon wieder, keine Panik!«

Nach 45 Minuten rollte der Zug an den kleinen Bahnhof ein. Sie staunten nicht schlecht, als sie den Moor See sahen.

»Na, habe ich euch zu viel versprochen!«, fragte Frank.

»Das ist ja hier gigantisch, in mitten der Wildnis eine solche Anlage zu sehen.«, antwortete Tommy mit großen Augen.

»Dann lasst uns mal ins Abenteuer stürzen!«, meinte Vanessa.

»Sehen wir uns um einen schönen Platz um, es ist ja noch nicht so viel los!«, meinte Sonja.

Sie sahen sich um, es gab sogar ein Restaurant und einen Eiswagen.

»Seht mal, wie groß der See ist!«, schwärmte Frank.

Es war ein Bootsanleger vorhanden mit Ruderbooten und Tretbooten.

»Ist das hier herrlich, seht mal dort hinten zwischen den beiden Fichten, dort haben wir einen schattigen Platz. »wie für uns geschaffen!«, erwiderte Vanessa.

»Dann nichts wie hin!«, antwortete Frank.

Schnell breiteten sie ihre Decken aus und legten sich darauf. Die Sonne stand bereits senkrecht am Himmel. Die Hitze sollte unerträglich werden.

Nun sahen sie zum ersten Mal die Bikinis der Mädels. Die Augen der Jungs wurden größer.

»Schick, nicht wahr, Frank! »gefällt er dir?«, fragte Vanessa.

»Ihr beiden seht klasse aus!«, schwärmten Tommy und Frank.

»Frank, cremst du mich ein! »ich möchte nicht gegrillt werden!«, fragte Vanessa.

Das ließ er sich nicht zweimal sagen. Sie legte sich auf den Bauch, dabei öffnete er ihr Oberteil. Als er sie so eincremte wurde ihm ganz anders.

»Vanessa, du hast so zarte Haut!«

»So meinst du!«

Er küsste sie auf die Schulterblätter. In ihm regte sich was, als Tommy das sah, fing er an zu lachen.

»He Frank, du hast ja einen Ständer!«

»Ist ja gar nicht war, du Arsch!«

Auch Sonja sah es und grinste sich eins.

»Du musst es aber nötig haben!«

Frank wurde rot und legte sich schnell auf den Bauch.

»Na Frank, dir bekommt wohl die Hitze nicht, geht lieber ins Wasser und kühlt euch ab!«, meinte Vanessa und kicherte sich eins.

Nach der Standpauke sprangen Frank und Tommy in den See, während Vanessa uns Sonja vor sich hindösten. Sie planschten wie kleine Kinder im Wasser herum. Als sie genug hatten, stiegen sie wieder aus dem Wasser. Sie sahen noch auf die Mädels, die waren wohl eingeschlafen.

»Du Tommy, wollen wir was trinken gehen, die Mädels schlafen sowieso.«

»Au ja, dann los!«

Die beiden setzten sich auf eine Bank vor dem Restaurant und bestellten sich ein kühles Bier.

»Ach, ist das herrlich, hier kann man es aushalten, hast du dir das Restaurant mal angesehen, wie groß es ist?«, fragte Frank.

»Ja, aber wie bewirtschaften sie das, ich vermute mit der Bahn, anders ist es ja nicht möglich. »es gibt ja weit und breit keine Verkehrswege zu sehen, oder vielleicht mit dem Hubschrauber.«, meinte Tommy.

»Ich sehe mir das mal von innen an, kommst du mit Tommy?«

»Nein, ich bleib lieber hier sitzen!«

Frank stand auf und ging ins Lokal um es sich anzusehen. Er staunte nicht schlecht, wie es eingerichtet war. Die Möbel waren im Bauernstil, selbst die Kellnerinnen trugen Dirndl. Alles sehr Stilvoll. Danach setzte er sich wieder zu Tommy.

»Los Tommy, lass uns die Gegend erkunden!«

Tommy hatte eigentlich gar keine Lust Erkundungen zu machen, er würde lieber sitzen bleiben und trinken.

»Ach Frank, muss das sein, dass können wir immer noch machen.«

»Nun komm schon, sei kein Frosch!«

»Na gut, lass uns erkunden!«

Es war bereits einige Zeit vergangen, als Vanessa aufwachte, sah sie nur Sonja neben ihr liegen, von den Jungs keine Spur.

»He Sonja, wach auf!«

»Was ist denn?«

»Die beiden Jungs sind weg, vorhin planschten sie noch im Wasser!«

»Wollen wir sie suchen gehen, vielleicht sind sie in der Nähe?«, meinte Vanessa.

»Dann sehen wir uns mal um, zuerst im Restaurant, eventuell trinken sie ja was.«, meinte Sonja.

Frank und Tommy gingen entlang des Sees, nahe des Waldes.

»Hätte nie gedacht, dass der See so groß ist und schwarz wie die Nacht, eher unheimlich.«, meinte Frank.

»Da sehe ich auch so, aber alles abgegrenzt und Verbotsschilder. »aber sehr schöne Seerosen und Wasserpflanzen.«

»Sieh mal dort auf der linken Seite, ein dichter Wald, lass uns dort mal hingehen.«, meinte Frank.

»Hast du nicht die Hinweise gesehen, überall Verbotsschilder, nicht außerhalb des Geländes aufhalten. Moorgebiet, Lebensgefahr!«

»Ach, wir passen schon auf, sei keine Pussy!«

Nichts ahnend gingen sie in den Wald hinein.

»Pass auf wo du hintrittst, hier ist ziemlich weicher Boden und überall Moos.«, meinte Tommy.

Sie betraten eine Lichtung, hier schien die Welt stehengeblieben zu sein.

Überall lagen vertrocknete Baumreste und Zweige herum. Wahrscheinlich schon über viele Jahre. Sie lagen in mitten des Moores.

»Sieh mal Tommy, hier ist die Zeit wohl stehengeblieben, sieh dich doch mal um!«

»Es ist unheimlich, lass uns lieber umkehren, bevor uns noch etwas passiert!«

»Hier scheint ein Tierparadies zu sein, hier muss wahrscheinlich seit Urzeiten kein

Mensch mehr gewesen sein.«, schwärmte Frank.

Sie sahen seltene Tierarten, die man sonst nur im Zoo zu Gesicht bekommt.

»Du magst ja recht haben, aber mir ist es trotzdem Unheimlich, lass uns endlich umkehren!«

»Tommy sieh mal, dort hinten ist ein schmaler Weg, dort sind wir sicher, lass uns dort hingehen!«

Frank ließ sich nicht umstimmen.

»Ich gehe dort hin, wenn du umkehren willst, dann gehst du alleine!«

Tommy zögerte erst, aber dann folgte er ihn. Je weiter sie gingen, desto tiefer drangen sie ins Moorgebiet ein. Ein fauler Gestank kam ihnen entgegen. Sie mussten sich teilweise die Nase zuhalten. Plötzlich blieben sie stehen.

»Hast du das gehört Tommy?«

»Nein, ich habe nichts gehört!«

»Mir kam es so vor, als wenn einer auf einen morschen Ast trat und er zerbrach, so hat es sich angehört.«

»Aber, dass hätte ich doch gehört, vielleicht war es nur ein Tier.«

»Du sitzt wohl auf deinen Ohren!«

Dann wieder ein lautes Geräusch.

»Jetzt habe ich es auch gehört! »es kam von rechts, lass uns mal nachsehen!«

Es war alles sehr hellhörig, man konnte eine Stecknadel fallen hören.

»Lass uns lieber umkehren, ich habe bereits Herzklopfen!«

»Du bist ja eine Bangbüx!«

Aber das ließ Tommy nicht auf sich sitzen.

»Na gut, lass uns nachsehen!«

Vorsichtig gingen sie weiter und sahen dabei immer wo sie hintraten. Es wurde immer glitschiger und manchmal standen sie bis zu den Knöcheln im Wasser. Sie stießen auf einen kleinen Teich, wobei sich ein paar Wildenten tummelten. Hier kamen sie nicht weiter.

»Tommy, wir müssen uns rechts halten, sei bloß vorsichtig wo du hintrittst!«

Aber Frank ließ sich nicht beirren und war schon einige Meter weiter vorausgegangen.

»Frank, bleib mal stehen, ich glaube, ich habe Stimmen gehört!«

Er ging zu Tommy zurück und beide waren still. In den Baumwipfeln säuselte nur der Wind. Sie gingen wieder ein paar Schritte nach vorne und sahen wie ein Waschbär sich putzte.

»Ich habe noch nie einen Waschbären so nahe gesehen, schade, dass ich keinen Fotoapparat bei mir habe.«, meinte Frank.

Sie sahen ihn noch eine Weile zu, bis er im Unterholz verschwand.

Gerade als weitergehen wollten, hörten sie ein rufen, als ob Jemand nach Hilfe rief.

»Jetzt hat man es deutlich gehört, hier stimmt etwas nicht!«, meinte Tommy.

Die Hitze und Schwüle wurde unerträglich.

»Oh, dieser Gestank, es ist ja ein ekeliger Geruch!«, erwiderte Frank und hielt sich seine Nase zu«.

Als sie weitergingen hörten sie deutlich, wie Jemand um Hilfe Schrie.

»Es muss was passiert sein, lass uns nachsehen, es ist ganz in der Nähe!«, meinte Tommy.

»Da vorne ist Jemand und winkt uns zu!«, erwiderte Frank.

Schnell eilten sie herbei. Als sie sich näherten, trauten sie ihren Augen nicht.

»Mein Gott Tommy, dass sind Vanessa und Sonja, wie kommen denn die hierher? »die stecken in Schwierigkeiten! »Vanessa steckt im Moor fest!«

»Frank, wir müssen sie sofort rausholen, sonst versinkt sie. »Sonja schafft es nicht alleine!«

»Kommt schnell, ich bekomme Vanessa nicht alleine heraus!«

»Los Frank, da vorne liegt ein langer Ast, komm schnell, sie steckt schon bis zur Hüfte im Moor!«, rief Tommy ihm zu.

»Vanessa, bleib ruhig, wir holen dich raus, bleib ganz ruhig, nicht zu viel zappeln, sonst sinkst du noch tiefer!«, rief Frank ihr zu.

»Mach schnell!«, schrie Vanessa, ich kann nicht mehr.«

Frank reichte Ihr den Knüppel zu und schnell ergriff sie den Knüppel und mit vereinten Kräften holten sie Vanessa raus. Sie war fix und fertig und legte sich erschöpft zu Boden.

»Was macht ihr überhaupt hier, ihr dürft gar nicht hier sein, habt ihr die

Hinweisschilder nicht gesehen!«, fragte Tommy den beiden.

»Und was macht ihr hier?«, konterte Sonja.

»Ist ja jetzt egal, wir wollten nur die Gegend erkunden. »Vanessa ist draußen, keine Schuldzuweisungen.«, erwiderte Tommy.

»Als wir aufwachten wart ihr nicht bei uns und wir dachten, wir suchen euch«, sagte Sonja.

»Na, dass ist euch ja wunderbar gelungen, es hätte sonst was passieren können, Vanessa hätte tot sein können!«, sagte Frank erbost.

Langsam kam Vanessa wieder durch. Frank beugte sich zu ihr runter und strich ihr übers Haar.

»Süße, was machst du bloß immer für Dummheiten!«

Vanessa war kreidebleich und sie zitterte noch am ganzen Körper. Selbst Sonja war das Unglück anzumerken. Alleine hätte sie Vanessa niemals aus dem Moor ziehen können.

»Beruhigt euch wieder, es ist ja alles wieder gut!«, meinte Frank.

Er kniete sich zu Vanessa und nahm sie liebevoll in den Arm. Sie fing bitterlich an zu weinen. Aber Frank tröstete sie. Durch die tröstenden Worte kam sie langsam durch und rappelte sich wieder hoch. Frank klopfte ihr den Rest vom Morast ab. Dann lagen sie sich in den Armen.

»Ich bin euch beiden so dankbar, dass ihr mich aus dem Moor gezogen habt, ohne euch wäre im Moor versunken!«

»Kommt lasst uns alles schnell vergessen, machen wir das wir von hier verschwinden, ich hasse das Moor!«, erwiderte Tommy.

Vanessa war so erschöpft, dass sie auf der Decke einschlief.

»Frank, lass sie schlafen, sie braucht jetzt ihre Ruhe.«, meinte Sonja.

Die Sonne stand senkrecht am Himmel und die Hitze macht ihnen zu schaffen. Vanessa lag im Schatten und schlief tief und fest. Die drei diskutierten noch eine Weile.

»Nun lasst uns aufhören zu streiten, Schuldzuweisungen bringen und gar nichts. »lasst uns lieber ins Wasser gehen.«, erwiderte Frank.

»Können wir Vanessa alleine lassen?«, fragte Sonja.

»Wenn sie aufwacht, sieht sie uns ja, sie wird sich hüten noch einmal wegzulaufen.«, meinte Frank.

Vorher mieteten sie sich noch ein Ruderboot. Frank übernahm das Ruder und Tommy und Sonja saßen verliebt auf der hinteren Bank im Boot. Frank wurde es zu bunt, die beiden verliebten anzuschauen, wie sie sich küssten. Er fing an das Boot zu schaukeln, bis Sonja ins Wasser fiel.

»Bist du bescheuert Frank, dass kannst du doch nicht machen!«, sagte Tommy erbost.

Aber Sonja lachte nur, schnell zog Frank sie wieder ins Boot.

»Siehst du Tommy, es ist nichts passiert, Sonja kann doch schwimmen!«

Frank stand genau am Ende des Bootes. Als Sonja wieder festen Boden unter den Füßen bekam, nutzte Tommy, die Gelegenheit und schubste ihn über Bord. Als Frank über Bord ging fingen Tommy und Sonja laut an zu lachen.

»Siehst du Frank, so wie du mir, so ich dir!«, brüstete sich Sonja.

Wie ein Stein flog Frank ins Wasser. Er zeigte den beiden den Mittelfinger.

»Na wartet, dass zahle ich euch heim!

»Rache ist süß!«

Aber auch er, fasste es mit einem Lächeln auf. Es war schon am späten Nachmittag, als sie wieder zu Vanessa stießen. Sie war bereits wach
und erwartete die drei schon.

»Na, habt ihr euch schön amüsiert, ich bin schon länger wach und habe euch beobachtet. »ihr hattet wohl mächtig viel Spaß?«

»O Ja, das hatten wir!«, schwärmte Tommy.

Schnell setzte sich Frank zu Vanessa auf die Decke.

»Na mein Schatz, wie geht es dir, hast du dich einigermaßen erholt?«

»Es geht mir wieder gut, macht euch nicht zu viele Gedanken um mich ich komme schon klar!«

»Du siehst noch ein bisschen Blass um die Nase aus!«, rief Sonja ihr zu.

»Mag sein, dass werde ich wohl in meinem ganzen Leben nicht vergessen, dass ich so unvorsichtig war.«

»Du lässt dir ja auch nichts sagen, du willst immer mit dem Kopf durch die Wand, hör einfach mal auf uns.«, meinte Frank.

Sie fing laut an zu lachen und hielt Frank den Mund zu.

»Nun ist es aber gut, ihr habt euren Spaß gehabt und ich das Unheil!«

»Lasst uns einfach alles vergessen, was wahr.«, erwiderte Tommy.

So saßen sie noch eine Weile vergnügt beisammen. Hin und wieder gönnten sie sich ein Schluck aus der Flasche. Frank hatte eine Idee.

»Hört mal, ihr habt doch sicherlich auch gelesen, dass am kommenden Wochenende die Sonnwendfeier ist, oder?«, fragte Frank mit glänzenden Augen.

»Natürlich machen wir damit, dass hatten wir doch schon mal erwähnt! »all überall in den Bergen das Feuer-brennen zu sehen.«, schwärmte Tommy.

»Und du Vanessa, freust du dich auch darauf?«, fragte Sonja.

»Ja natürlich, warum nicht!«

»So Leute, nun wird es aber Zeit, die Zelte hier abzubrechen, wir müssen nämlich den letzten Zug noch erwischen, sonst kommen wir hier nicht mehr weg.«, sagte Frank besorgt.

Sie packten ihre Sachen zusammen und verließen den Moor See. Die Bimmel Bahn stand bereits schon schnaufend da und bimmelte, zum letzten Aufruf für die

Badegäste. Dann stiegen sie ein. Sie drehten sich noch einmal zum See um, dann rollte die Bimmel Bahn voran.

»Würdest du noch einmal hierher zurückkehren, Vanessa!«, fragte Frank.

»Warum nicht, es ist doch alles gutgegangen!«, erwiderte sie.

Und alle fingen an zu lachen. Dann rollte die Bahn wieder in St. Johann ein. Müde und erschöpft gingen sie alle in ihre Quartiere. Die nächsten Tage verliefen ohne dass etwas Nennenswertes passierte. Nun rückte der Tag der Sonnwendfeier immer näher. Alle waren schon aufgeregt. Bei einem Ausflug in Kitzbühel saßen sie beim Heurigen und unterhielten sich über die Sonnwendfeier.

»Wenn wir auf dem Berg steigen, ist unten im Tal in Kirchdorf ein großes Fest. »wenn wir Lust haben können wir ja später dort hingehen und ein bisschen feiern.«, meinte Frank.

»Vom welchem Berg sprichst du eigentlich?«, fragte Tommy.

»Wir wandern von St. Johann aus zum Wilden Kaiser, von dort aus nach Kirchdorf, dort ist es nicht so steil nach unten. »wir klettern nicht sehr hoch, wir richten uns ganz nach euch.«

Die Mädels fühlten sich angesprochen. Vanessa war ziemlich erbost, von wegen nicht sehr hoch.

»Was soll das Frank! »meinst du wir können nicht auf einen Berg klettern und dann nicht runterkommen. »für wie blöd hältst du uns eigentlich!«

»Entschuldige, ich meinte es doch nur gut mit dir und Sonja! »dass ihr euch nicht so quälen müsst!«

»Nun ist es aber gut, kriegt euch wieder ein!«, redete Tommy dazwischen.

»Es ist gut, ich möchte nichts mehr hören!«, antwortete Vanessa wütend.

Die Lage war mal wieder angespannt, man konnte in Vanessas Mimik erkennen, dass es ihr bei dem Gedanken einen so hohen Berg zu besteigen nicht wohl war. Aber sie musste es tun und hoffte dadurch ihren Peiniger wieder zu begegnen und ihn zur Strecke zu bringen. Es konnte ja sein, dass er dort auch auftauchte. Ihr Blick war starr und ihre Hände zitterten. Frank sah sie immer wieder an.

»Süße, was hast du, geht es dir nicht gut, du bist ja ganz blass!«

Er nahm sie in den Arm und tröstete sie.

»Ach Frank, was mach ich nur, wenn ich den Verbrecher wiedersehe und ich ihn in die Augen sehen müsste. «

»Das glaube ich nicht, der wird sich hüten dort aufzutauchen. »der weiß doch genau, dass er gesucht wird!«

»Und wenn doch!«

»Dann kriegt er welche auf die Mütze!«, scherzte Frank.

»Frank hör auf zu spinnen, du weißt ja gar nicht, wozu solche Leute fähig sind, hast du schon vergessen, was sie Vanessa antun wollten!«, konterte Tommy.

»Ja, ich weiß, aber wir sind ja auch noch da, wir lassen Vanessa nicht im Stich.«, meinte Sonja fürsorglich.

»Vielleicht hast du ja recht, wir werden ihn wahrscheinlich nie wiedersehen, aber es ist nicht ausgeschlossen.«, meinte Frank.

Aber Vanessa sah irgendwie traurig aus. Ihr Gesichtsausdruck sagte alles.

»Aber das ist alles nicht so einfach für mich, ihr habt gut reden, ihr seid ja nicht Missbraucht worden. »wenn ihr das nicht versteht, dann tut es mir leid! »ich will, dass der Kerl gefasst wird und seine Strafe bekommt!«

»Es tut mir so leid Vanessa, uns allen!«, antwortete Frank.

»Ist schon gut, Schwamm drüber!«

Dann ging Tommy auf Vanessa zu und nahm sie in den Arm.

»Lasst uns morgen weiterreden, wir haben schließlich viel zu besprechen.«, meinte Frank.

»Worüber?«, fragte Vanessa.

»Na über die Sonnwendfeier!«

»Was gibt es da zu reden, wir gehen zum Feuer brennen und anschließend feiern, wo ist das Problem?«, antwortete Tommy.

»Ich könnte euch einiges über die Sonnwendfeier erzählen!«, brüstete sich Frank.

»Du wiederholst dich, dass hast du längst schon erzählt!«, antwortete Sonja.

»So, habe ich!«

Nun fingen alle an zu lachen und hatten sich wieder lieb. Der Tag der

Sonnwendfeier rückte näher und alle waren angespannt. Frank war schon so aufgeregt, sodass er wieder von der Sonnwendfeier anfing.
»Ich erzähle euch aber trotzdem noch einmal den Werdegang, ihr wisst es doch gar nicht, ich habe darüber gelesen.«, erklärte Frank in seinem Eifer. »am Samstag den 23 Juni werden viele Orte in den Alpen von einer ganz besonderen Kulisse eingerahmt sein. »kurz nach einbruch- der Dunkelheit leuchten dann - wie jedes Jahr große Sonnenwendfeier von den Bergen herab. »je nach Region oder Ortschaft sind dabei ganz spezielle Traditionen entstanden. »während zum Beispiel im Erwalder Zugspitzgebiet Figürliche Darstellungen zu sehen sein werden, wird man von Ellmau in Tirol aus Feuerketten an den scharfen Graten des wilden Kaisers beobachten können.

Wahrscheinlich wird auch das Wetter mitspielen und für einen trockenen Samstagabend sorgen. »wollt ihr noch die Tradition des Sonnwendfeuers hören?«

»Frank, das hast du gut erklärt!«, aber es reicht!«, sagte Vanessa mit ernster Stimme.

»Na gut, dann erzähle ich euch die Entstehung eben später.«

Tommy packte sich vorm Kopf.

»Frank, merkst du es noch? »keiner will deine Version mehr hören!«

Frank stutzte, er konnte es nicht verstehen.

»Du bist ein Quatschkopf, lass es einfach!«, meldete sich Sonja lachend.

»Na gut, dann erzähle ich euch gar nichts mehr!«

»Nun sei nicht gleich wieder beleidigt!«, meinte Vanessa und gab ihm einen Kuss auf die Stirn.

Nun war Frank beleidigt, er redete die ganze Zeit kein Wort mehr. Nun war es Samstag geworden. Auf den Straßen war schon ein reges Treiben zu sehen. Frank hatte sich wieder beruhigt und sah von seinem Fenster aus auf die Straße und Tommy döste in seinem Bett vor sich hin.
»He Tommy, wach auf, die Mädels sind gleich da!«
»Ja, ja, nur keine Panik!«
Langsam rappelte er sich hoch und ging ins Bad um zu duschen. Er ließ sich viel Zeit.
»Tommy, wie lange brauchst du noch, ich muss auch noch duschen, beeile dich!«
»Du hast doch genügend Zeit gehabt, anstatt aus dem Fenster zu sehen, hättest du längst duschen können, aber ich bin gleich soweit.«
Aber Frank ging nicht auf seine Äußerung ein. Tommy war fertig und Frank konnte

duschen gehen. Nachdem sie fertig waren, warteten sie nur noch auf die Mädels.

»Die brauchen aber wieder lange, wie immer!«, meinte Frank und sah dabei auf seine Uhr.

»Es sind halt Frauen, die brauchen halt so lange.«, erwiderte Tommy.

Frank sah aus dem Fenster und sah sie kommen.

»Mein Gott, da seid ihr ja endlich!«, rief er den beiden zu.

»Hast du mal auf die Uhr geschaut, es ist doch noch viel zu früh um jetzt schon loszugehen.«, antwortete Vanessa und zeigte ihm einen Vogel.

Dann traten sie bei den beiden ins Zimmer und erneut wurde gestritten.

»Aber ihr wisst schon, dass wir eine ganze Weile laufen und klettern müssen, übrigens vielen Dank für den Vogel!«, antwortete Frank zornig.

»Was für einen Vogel?«, fragte Tommy, der es nicht sah.

»Mein Gott, ich habe ihm einen Vogel gezeigt, er weiß doch genau, wie ich es meine!«, sagte Vanessa und fasste sich vorm Kopf.

»Ist ja schon gut!«, erwiderte Frank und gab Vanessa einen Kuss auf dem Mund.

Dann war alles wieder gut.

»Habt ihr alles beisammen, trinken usw.?«, fragte Tommy die Mädels.

»Alles dabei, nichts vergessen!«, antwortet Sonja.

»Na, dann können wir ja losgehen!«, meinte Frank aufgeregt.

So schlenderten sie los. Hand in Hand und sehr verliebt gingen sie am Waldessrand entlang.

»Sie mal zum Himmel Frank, dort kreist ein Habicht und sucht wahrscheinlich nach

Beute.«, sagte Vanessa und konnte gar nicht aufhören ihn zu beobachten.

»Vanessa, der ist wahrscheinlich hungrig, gleich stürzt er sich auf dich!«

»Komm her, ich beschütze dich!«

»Ach du Spinner!«

Tommy und Sonja waren schon weit vorausgegangen.

»Tommy, lauft nicht so schnell, wartet auf uns!«, rief Frank ihm entgegen.

Aber sie drehten sich nicht einmal mehr um, wahrscheinlich haben sie das Rufen nicht gehört. Eine Weile ging es ziemlich steil Bergauf. Die Sonne brannte. Vanessa standen schon Schweißperlen auf der Stirn.

»Du Frank, ich muss mich ein wenig ausruhen, ich kann nicht mehr und außerdem muss ich mal pinkeln.«

»Wenn du jetzt schon schlappmachst, wie soll es erst werden, wenn wir höher steigen?«

»Mach dir keinen Kopf, ich schaff das schon!«

Vanessa sah sich nach allen Seiten um, überall waren Steine auf dem Weg und es ging steil nach unten. Endlich fand sie eine Stelle, wo sie pinkeln konnte.

»Sieh mal Frank, dort hinten ist ein Strauch, warte hier, ich komme gleich wieder!«

Dann verschwand sie hinter einem Strauch. Es waren bereits einige Minuten vergangen, von Vanessa keine Spur. Langsam wurde Frank ungeduldig.

»Vanessa, wo bleibst du, solange kann man doch nicht pinkeln, Vanessaaaa!«

Doch er bekam keine Antwort. Schnell lief er zu dem Strauch und traute seinen

Augen nicht. Hinter dem Strauch ging es einige Meter tief nach unten.

»Vanessa, wo bist du, hörst du mich!«

»Ich bin runtergefallen, mir fehlt aber nichts!«, rief sie ihm zu.

Alleine und ohne fremde Hilfe kam sie von dort nicht wieder hoch. Frank griff verzweifelt nach ihrer Hand, doch es fehlten einige Zentimeter.

»Ich bekomme dich nicht hoch, bleib ganz ruhig, ich hole Hilfe, bin gleich wieder bei dir!«

Vanessa wartete unterdessen auf dem kleinen Vorsprung. Nur einen Meter weiter nach vorne und sie wäre abgestürzt in die Tiefe. Unterdessen rannte er wieder auf dem Weg um Hilfe zu holen. Er sah sich um, ob inzwischen Tommy und Sonja wieder zurückkamen, doch von den beiden fehlte jede Spur. Er lief weiter abwärts und fand ein paar Wanderer, die wahrscheinlich auch zum Feuer - brennen wollten.

»Hallo, ich brauche ihre Hilfe, meine Freundin ist abgestürzt, gleich hier oben.«

Schnell kamen sie Vanessa zur Hilfe. Frank beugte sich zu ihr runter.

»Vanessa hörst du mich?«

»Ja, ich höre dich!«

»Wir ziehen dich nach oben, du brauchst nur nach dem Seil fassen und um deine Hüfte binden!«

Dann zogen sie sie mit vereinten Kräften nach oben. Es war ja nicht tief, nur alleine konnte sie sich nicht befreien und nach oben klettern. Nun war sie oben. Sie bedankte sich noch einmal bei den Helfern.

»Vanessa, wie hast du das nur wieder geschafft?«

»Ich wollte gerade pinkeln, als ich plötzlich wegrutschte. »ich konnte mich gerade noch einem Ast festhalten, sonst wäre ich in die Tiefe gestürzt und so auf den Vorsprung gefallen.«

»Wenn ich die Wanderer nicht getroffen hätten, dann hätte es womöglich Stunden dauern können.«

»Es ist ja noch einmal gutgegangen, aber wo sind eigentlich Tommy und Sonja?«

»Die sind schon weit weg von uns, die waren nur mit sich beschäftigt, du weißt schon!«

»Ja, ja, Egoisten!«

»Nun lass uns weitergehen, wenn du kannst!«

»Mir ist doch nichts passiert, mir geht es gut, ich weiß gar nicht was du hast.«

Sie sah Frank mit großen Augen an, der sie etwas grimmig ansah. Sie nahm ihn in den Arm und gab ihm einen Kuss auf den Mund. Nun schmunzelte er wieder.

»Vanessa, Vanessa, versprich mir, dass du in Zukunft besser auf dich aufpasst!«

»Ja, ja, ich verspreche es dir!«

Dann wanderten sie wieder auf dem Weg weiter.

»Sieh mal Frank, da vorne kommen unsere Turteltauben zurück.«

»Wo bleibt ihr denn?«, rief Tommy ihnen lachend entgegen.

»Vanessa ist schon wieder etwas passiert!«, antwortete Frank ihnen entgegen.

Vanessa schubste Frank an, sodass er zu Boden fiel.

»Was machst du, ich mach doch bloß Spaß, bleib doch mal Locker!«

»Ich kann deine ewigen Vorwürfe nicht mehr ertragen, begreife das endlich!«

»Ist ja schon gut, ich werde mich bessern!«

Schnell ging Sonja auf Vanessa zu und umarmte sie.

»Ach du ärmste, nimm es nicht so schwer, es ist ja nichts passiert!«

»Was ist denn schon wieder passiert?«, fragte Tommy.

»Es ist überhaupt nichts aufregendes passiert, ich wollte pinkeln und bin dabei weggerutscht und auf einen Vorsprung gelandet. »ich kam alleine nicht wieder hoch. »Frank holte Hilfe, denn ihr wart ja mit euch beschäftigt und habt nichts mitbekommen.«

»Ab jetzt bleiben wir zusammen, versprochen!«, antworte Sonja.

Tommy grinste und drehte sich zur Seite.

»Wolltest du dich auch noch dazu äußern, Tommy?«, meckerte Vanessa ihn an.

»Nein, nein, es ist alles gut, ich wollte gar nichts sagen, ich fand es nur komisch.«

»Es sah aber ganz anders aus, lasst es bitte sein, mich dauernd zu ärgern.«

»Ach Vanessa, nimm nicht immer alles so ernst!«, redete Tommy ihr zu.

»Lasst uns endlich weitergehen, sonst findet das Feuer-brennen noch ohne uns statt.«, meinte Frank.

Nun gingen alle frustrierend weiter. Die ganze Zeit des Weges war Funkstille, nicht einer redete ein Wort. Plötzlich fragte Vanessa: »Hat es euch die Sprache verschlagen?«

»Müssen wir immer reden?«, antwortete Frank.

»Die rappelst doch sonst immer fortlaufend, manchmal ohne Luft zu holen.«

»Vielen Dank, Vanessa!«, mach mich ruhig fertig, ich habe es verdient.«

»Komm wieder runter Frank, lass uns lieber den Tag genießen.«, meinte Tommy.

Nun sahen sich alle an und fingen an zu lachen. Der Tag war zu schön um immer diese Streitigkeiten auszudiskutieren. Es war bereits am frühen Nachmittag und die Sonne stand wiedermal senkrecht am Himmel. Sie schwitzten und pusteten den ganzen langen Weg und es gab kein einziges schattiges Plätzchen. Links und rechts ging es steil nach unten, sie mussten aufpassen, wo sie hintraten. Sie waren schon ziemlich hoch auf den Berg gestiegen. Kein Wunder, dass es hier kein schattiges Plätzchen gab. Sie blieben kurz stehen und schauten über die Berge. Es war eine fantastische Aussicht. Überall in den Bergen liefen die Vorbereitungen für die Sonnwendfeier auf Hochtouren. Es war bereits ein munteres Treiben zu erkennen. Unten in Kirchdorf bereitete man sich schon auf die Gaudi vor.

»Ich freue mich schon auf die Feier, endlich mal wieder das Tanzbein schwingen.«, freut ihr euch denn gar nicht, meinte Frank.

»Natürlich freuen wir uns auch!«, antworteten alle drei.

»Seht mal, dort drüben liegt der Wilde Kaiser, da müssen wir hin, dort brennt bereits das erste Feuer.«, sagte Sonja freudig.

»Wau, was du nicht sagst!«, antwortete Vanessa schelmisch.

Es roch bereits nach verbrannten Holz und Hartz. Alle waren sehr angespannt und konnten die Feierlichkeiten kaum erwarten.

»Wann sind wir endlich da, mir tun schon die Füße weh.«, meinte Sonja schmerzverzerrt.

»Wir sind bald da, erst müssen wir noch auf den Berg, dort drüben auf der linken

Seite, von dort geht es runter nach Kirchdorf.«

»Hör auf zu jammern!«, meinte Tommy.

»Seht mal nach links, dort müssen wir rauf kraxeln!«, erklärte Frank.

»Ja spinnst du, weist du wie hoch das ist?«, meinte Vanessa.

»Die Berge sind hier alle gesichert, überall sind Seile zum Anfassen angebracht, da kann gar nichts passieren, wir bleiben alle dicht beisammen.«, meinte Frank.

Die Mädels rauften sich die Haare und pusteten. Es ging aber trotzdem sehr steil nach oben. Dann kraxelten sie los. Es war ein schmaler Grat, der steil nach oben führte. Ohne Probleme kamen sie auf den Berg an.

Von dort hatten sie einen fantastischen Blick aufs Tal. Frank lobte Vanessa.

»Ich bin stolz auf dich Vanessa, du hast es ohne Probleme geschafft.«

Er nahm sie in den Arm und küsste sie.

»Seht mal, dort ist noch eine freie Stelle, dort können wir uns aufs Moos setzen.«, meinte Frank.

»Ja, dort sitzen wir nah am Feuer!«, sagte Tommy.

Dann wurde das Feuer entzündet und sie saßen auf dem weichen Moos eng beisammen. Frank holte für jeden eine Flasche Bier aus seinem Rucksack. Davon waren sie nicht abgeneigt und tranken das Bier genüsslich aus. Dann wurde es dunkel und überall in den Bergen sah man die Feuer brennen. Es war ein tolles Schauspiel. Nun wurde es Zeit ins Dorf runterzugehen. Das Fest war bereits in vollem Gange. Nun kletterten sie beschwipst ins Tal hinunter. Manchmal stolperten sie über irgendeinen Stein oder einen morschen Ast. Aber alles überstanden sie ohne Probleme. Vanessa torkelte bereits ein bisschen und hakte dabei Sonja ein. Frank und Tommy gingen voran und unterhielten sich über dies und das. Manchmal sahen sie sich zu den Mädels um.

»Wo bleibt ihr denn, wenn ihr so weiter geht kommen wir erst morgen an.», meinte Tommy.

»Nun mal keine Panik, wir haben schließlich viel Zeit, wir kommen immer noch rechtzeitig dort an.«, erwiderte Vanessa.

Langsam kamen sie in Kirchdorf an, es war bereits ein munteres Treiben. Aus den Festzelten kam bereits volkstümliche Musik herüber.

»Hört sich das nicht toll an!«, meinte Frank und tanzte dabei.

»He Frank, übertreib mal nicht, lass uns erst einmal ins Festzelt gehen und einen Platz suchen.«, konterte Sonja.

Weil schon fast alles Tische besetzt waren, fassten sie sich an die Hände um in den Treiben nicht verloren zu gehen.

»Dort hinten in der Ecke ist noch ein Tisch frei, dort setzen wir uns hin, kommt schnell, bevor er besetzt ist.«, meinte Frank.

Schnell nahmen sie Platz. Frank hatte mächtig Durst und sah sich nach allen Seiten nach einer Kellnerin um.

»Ist ja Super hier, Juchhe!«, schrie Frank durch den ganzen Saal.

Aber durch die laute Musik und durch den Krach verstand ihn sowieso keiner.

»Frank du bist peinlich, hör auf, benimm dich!«, meckerte Vanessa.

»Vanessa, lass ihn doch, er hat eben Spaß daran.«, meinte Sonja.

Tommy nahm alles gelassen hin und schmunzelte. Dann eilte die Kellnerin herbei und Frank bestellte vier Maß.

»Hab ich einen Durst, prost Leute!«, brüstete Frank sich auf.

Dann sangen sie und tranken. Frank kribbelte es in den Knien, er musste nun tanzen.

»Komm Vanessa, lass uns das Tanzbein schwingen!«

Aber Vanessa war gar nicht so davon angetan, sie wäre lieber sitzengeblieben. Aber dann zerrte er sie vom Stuhl und sie begaben sich auf die Tanzfläche. Tommy und Sonja waren längst auf der Tanzfläche.

»Stell dich nicht so an Vanessa, es ist doch Super hier, freue dich doch mal!«

»Ich freue mich ja, aber musst du gleich so übertreiben!«

Durch den Krach mussten sie sich in die Ohren schreien. Nun ging die Post ab und die Musik Spielte auf. Langsam gefiel es auch Vanessa und sie tanzte wie wild durch den Saal. Frank gefiel das, endlich kam sie aus ihrer Haut heraus. Ein Tanz nach dem anderen folgte. Sie waren nicht mehr von der Tanzfläche zu kriegen. Tommy und Sonja saßen längst wieder an ihrem Tisch und tranken ein Maß Bier. Es war so laut geworden, dass man sein eigenes Wort nicht mehr verstehen konnte. Die beiden beobachteten Frank und Vanessa auf der Tanzfläche. Nun hatten die beiden genug vom Tanzen und stießen wieder zu Sonja und Tommy.

»Was ist mit euch beiden denn los, ihr seid ja außer Rand und Band, ihr tanzt ja wie wild, es freut mich Vanessa, dass du so gut drauf bist!«, meinte Sonja.

»Es macht mir auch Spaß, hätte nie gedacht, dass es hier so toll ist!«

Frank war richtig durstig und trank den Krug in zwei Zügen aus, während Vanessa nur daran nippte.

»Frank, trink nicht so viel, wir müssen noch zurück!«, rief Vanessa ihm zu.

»Keine Panik Vanessa, ich habe alles unter Kontrolle! »ich hole uns noch was zu trinken, ich habe richtig Durst!«

»Warte Frank, ich komme mit!«, antwortete Tommy spontan.

Frank stand vom Stuhl auf und die beiden torkelten durch das Gewühl zur Theke. Sie waren noch nicht an der Theke angekommen, da fiel Frank schon auf die Klappe. Er stolperte über einen Fuß. Tommy kam ihm zur Hilfe und hob ihn wieder hoch. Frank wurde ärgerlich und vor Wut rempelte er den an, der angeblich seinen Fuß stehen ließ. Er stellte ihn zur Rede.

»Kannst du nicht aufpassen, du Idiot?«

Der Mann stand auf, er war ca. zwei Meter groß. Er sah auf ihn herab.

»Was willst du, Bürschchen, mach das du weiterkommst!«

Dann schubste er Frank, sodass er erneut zu Boden fiel. Schnell kam er wieder hoch und wollte ihm einen Kinnhaken verpassen.

»Frank, lass es sein, da kommst du doch nicht ran, er ist viel zu groß für dich, der schlägt dich zu Brei!«

Tommy wollte dazwischen gehen und die beiden auseinanderbringen. Doch Frank war außer sich und schon begann die Rauferei. Frank bekam richtig was auf die Mütze.

»Was ist da vorne los?«, fragte Vanessa.

»Ich weiß es nicht, sieht nach einer Schlägerei aus.«, meinte Sonja.

»Lass uns mal nachsehen, was dort los ist!«, erwiderte Vanessa.

Die beiden standen auf um nachzusehen was passiert war. Als sie sich näherten, trauten sie ihren Augen nicht. Frank und Tommy waren in einer Schlägerei verwickelt. Einer hatte Tommy im Würgegriff und Frank bekam einen linken Haken ab und viel zu Boden. Sonja und Vanessa gingen dazwischen und wollten die Rauferei beenden. Nun war es auch den Einheimischen zu Bund und sie gingen ebenfalls dazwischen und beendeten die Schlägerei.

»Was ist los mit euch beiden, seid ihr bescheuert, es hätte sonst was passieren können.«, sagte Vanessa ärgerlich.

»Aber der hat mir ein Bein gestellt, deshalb bin ich hingefallen.«, antwortete Frank.

»Ja, aber das weißt du doch gar nicht, dass er dir absichtlich ein Bein stellte. »deshalb flippt man nicht gleich aus. »du hast Blut im Gesicht, ich wisch es dir mal weg, dass sieht ja ekelig aus!«

Sie gingen auf die Toilette und machten sich sauber. Auf der Toilette wetterte und schimpfte Frank noch lange. Vanessa konnte ihn kaum beruhigen.

»Das war bestimmt mit Absicht, der soll mir noch mal unter die Augen kommen.«, wetterte er.

»Frank, der haut dich um, nun beruhige dich!«, erwiderte Tommy.

»Es ist alles vorbei, sei froh, dass es so glimpflich ausgegangen ist.« meinte Sonja.

Sie diskutierten noch lange, dann gingen sie wieder ins Festzelt und setzten sich an die Theke und spülten den Ärger hinunter, als wäre nichts gewesen. Selbst die Mädels tranken kräftig mit. Es wurde eine Mordsgaudi. Die Jungs hielten ihre Mädels in den Arm und schmusten. Es war bereits nach Mitternacht, die Stimmung war auf dem Höhepunkt. Sie hatten alle mächtig einen sitzen. Einer fiel bereits vom Hocker und andere schliefen bereits am Tresen ein.

Auf einmal sagte Vanessa: »Frank, ich muss mal zur Toilette, ich komme gleich wieder!«

Sie rutschte beinahe noch vom Hocker, dann torkelte sie los. Unterdessen schlief Sonja in Tommys Amen ein. Frank hatte immer noch nicht genug und trank noch ein Maß. Gerade als er den Bierkrug zum Mund führen wollte, bemerkte er, dass Vanessa nicht mehr da war. Er hatte es gar nicht mitbekommen, dass sie zur Toilette wollte. Daraufhin ruckelte er Tommy an.

He Tommy, wo ist Vanessa?«

Aber er zuckte nur seine Schulter.

»Vielleicht ist sie ja nur zur Toilette gegangen, sie wird sicherlich gleich wiederkommen.«, meinte er.

Frank wartete noch ein Weilchen, aber er wurde unruhig und sah immer wieder auf seine Uhr. Er lief nach draußen, sah sich um, aber von ihr keine Spur. Er lief wieder zur Theke zu Tommy, der saß gemütlich an der Bar und trank sein Bier. Frank rüttelte erneut an ihm.

»Du Tommy, Vanessa ist noch nicht wieder zurück!«

»Na und, was kann ich dafür, ich bin doch nicht ihr Kindermädchen, geh sie doch suchen, du hast ja Erfahrung mit ihr.«

»Du Blödmann, du bist ja ein toller Freund!«

Tommy hörte überhaupt nicht zu, vielleicht verstand er nicht so viel durch den Krach, der noch immer herrschte. Frank sah ihn vorwurfsvoll an und schüttelte den Kopf. Frank war nicht mehr ganz nüchtern und Tommy auch nicht, von Sonja ganz zu schweigen.

»Frank, was hast du gesagt, durch den Krach versteht man nichts.«

»Vanessa ist verschwunden, wir müssen sie suchen, mach Sonja wach!«

Tommy hatte Mühe Sonja wach zu kriegen, aber dann kam sie zu sich. Sie begaben sich nach draußen. Die Nacht war schwarz, man konnte nicht Hand vor Augen sehen. Sie sahen nach den Toiletten, aber dort war sie nicht mehr.

»Wo wollen wir sie suchen?«, meinte Tommy.

»Vielleicht ist sie auf dem Parkplatz, dort kann man noch etwas sehen, lasst uns dort nachschauen!«, erwiderte Frank.

Dann sahen sie sich um und riefen nach ihr, aber alles vergeblich. Nur weiter konnten sie nicht suchen, da es zu gefährlich war, im Dunkeln zu suchen. Überall lauerten Gefahren, sei es durch herumliegendes Geäst oder steile

Abgänge. Hier kannten sich wohl nur die Einheimischen aus. Ihnen blieb nichts Anderes übrig, als den morgen abzuwarten. Frank hatte düstere Gedanken, was das Verschwinden von Vanessa anging.

»Hoffentlich ist ihr nichts zugestoßen, warum habe ich sie alleine gelassen, ich hätte mit ihr gehen sollen, aber ich habe es ja nicht einmal bemerkt, dass sie zur Toilette wollte.«

Sonja nahm ihn in den Arm und tröstete ihn.

»Es wird schon nichts passiert sein, wir werden sie finden!«

Sie liefen noch einmal zum Festzelt zurück in der Hoffnung, dass sie inzwischen wiederaufgetaucht wäre. Sie sahen sich um, aber von Vanessa keine Spur. Es waren bereits zwei Stunden vergangen, sodass sie die Suche abbrechen mussten.

»Es macht keinen Sinn, jetzt weiter zu suchen, es wird bald hell, dann suchen wir weiter.«, meinte Frank.

»Ja, aber wo sollte sie hin, hier ist weit und breit nichts, wo sie hin sein könnte.«, sagte Tommy verwundert.

»Hoffentlich hat sie nicht wieder diesen Verfolgungswahn, mir ahnt schlimmes.

»vielleicht ist sie vor etwas weggelaufen, dann fängt alles wieder von vorne an.«, bildete Frank sich ein.

»Meinst du etwa, sie hat ihren Peiniger wiedergesehen und er hat sie vielleicht gekidnappt?«, sagte Tommy besorgt.

»Ich kann mir das nicht vorstellen, nein, das glaube ich nicht, so dreist wird er nicht sein, er wird doch gesucht!«, erwiderte Sonja.

»Kannst du das garantieren, dass es nicht so ist!«, erwiderte Frank.

»Wir können noch so viel diskutieren und reden, wir müssen den morgen abwarten.«, erklärte Sonja.

So langsam lehrten sich die Festzelte und es wurde wieder still. Es waren nur noch die Motoren der Autos zu hören. Manche ließen ihre Autos stehen wegen zu fiel Alkoholkonsum und gingen zu Fuß weiter. Die hatten es gut, die kannten sich in den Bergen aus. Für die drei blieb eine lange Zeit voller Ungewissheit. Sie setzten sich auf einen Baumstamm, der unmittelbar neben ihnen lag. Sie konnten nur noch abwarten, bis es hell wurde. Es lag noch ein rauchiger Geruch Restgeruch in der Luft, der noch vom Feuer-brennen übrig war. Langsam dämmerte der Morgen. Die drei dösten ein wenig vor sich hin.

»Es wird langsam hell!«, sagte Frank.

»Sie ist nicht zurückgekehrt, wie wollen wir vorgehen!«, fragte Tommy.

»Ja, schön und gut, aber wo fangen wir an, seht euch doch mal um, hier geht es aber überall nur abwärts, bis auf ein paar schmale Wege.«, äußerte sich Frank.

»Am besten teilen wir uns auf und suchen erst in der unmittelbaren Umgebung.«, meinte Sonja.

»Tommy und Sonja, ihr sucht auf der linken Seite nach ihr und ich werde nach vorne gehen und suchen. »es ist jetzt kurz vor 4.00 Uhr, um 6.00 Uhr sehen wir uns hier wieder, viel Glück!«

Nun begaben sie sich auf die Suche nach ihr. Frank kletterte einen steilen Abhang hinunter und sah immer wieder nach rechts und links. Manchmal dachte er, er hörte Stimmen, aber es war doch nur der Wind, der in den Baumwipfeln sang. Vor ihm lag ein kleiner rauschender Bach, der wahrscheinlich ins Tal gelang. Er ging eine Weile den Bach entlang, bis er auf eine kleine Brücke stieß. Er kam mächtig ins Schwitzen und setzte sich auf einen Stein, der aus dem Bach herausragte und hielt dabei seine Füße ins Wasser um sie abzukühlen. Er wurde wieder nachdenklich und meinte, dass sie gar nicht so weit gekommen sein könnte. Weit ab von der Zivilisation, sollte doch ein Verbrechen dahinterstecken. Er kam zu dem Entschluss, wieder umzukehren und zum Stützpunkt zurückzukehren. Auch Sonja und Tommy kamen ohne nennenswerte Erkenntnisse zurück.

»Es macht keinen Sinn, weiter zu suchen, es ist Sinnlos, warum sollte sie alleine so weit weg laufen.«, es muss mehr dahinterstecken.«, meinte Frank.

»Was meinst du damit?«, fragte Tommy.

»Glaubt mir, sie ist verschleppt worden, von ihrem Peiniger, er hat sie wiedererkannt, oder umgekehrt.

»vielleicht wollte sie ihn zur Rede stellen und dabei ins offene Messer gelaufen, glaubt es mir!«

»Aber dafür gibt es keinen Beweis, hast du irgendwelche Beweise dafür!«, erwiderte Sonja.

»Was sollen wir der Polizei erzählen, die lachen uns aus, wenn wir mit so einer Vermutung hingehen.«, meinte Tommy.

»Ja, aber was sollen wir denn machen, weitersuchen?«, antwortete Frank.

»Es gibt nur eine Möglichkeit, sie hatte genug getrunken und in ihrem Rauschzustand ist sie dann wieder alleine nach St. Johann zurückgegangen ist.«, meinte Sonja.

»Nein, niemals, dass würde sie nie tun, ich spüre, dass sie doch in der Nähe sein muss.«, antwortete Frank.

»Meinst du wirklich, dass da was dran ist, an deiner Vermutung?«, fragte Sonja.

»Ja, ich habe ein komisches Gefühl, dass sie doch ihren Peiniger wiedererkannt hat oder er sie. »vielleicht ist sie ihm sogar in die Arme gelaufen, es gibt keine andere Möglichkeit.«, meinte Frank.

»Ich mag gar nicht daran denken, was er mit ihr gemacht haben könnte, oh Gott, vielleicht lebt sie schon gar nicht mehr!«, erwiderte Sonja besorgt.

»Aber das sind doch nur Vermutungen, es muss ja nicht so gewesen sein.«, antwortete Tommy.

»Wir steigern uns in etwas rein, dass vielleicht nicht so ist, ich glaube, es ist alles ganz harmlos und sie ist längst im Hotel und lacht sich über uns kaputt.«, erklärte Sonja.

»Aber halt, mir ist etwas auf dem Weg aufgefallen, es sind hier in den Bergen mehrere Hütten, es könnte ja sein, dass man sie dorthin verschleppt hat.«, erklärte Frank.

»Du magst recht haben, vielleicht finden wir sie dort, hoffentlich ist es noch nicht zu spät.«, erwiderte Tommy.

»Ist das nicht zu gefährlich, wer weiß, was uns dort erwartet!«, sagte Sonja besorgt.

»Ja, wir müssen mit allen rechnen, vielleicht ist Derjenige bewaffnet, wir müssen sehr vorsichtig sein. »von der Polizei können wir keine Hilfe erwarten.«, erwiderte Frank.

Tommy standen bereits Schweißperlen auf der Stirn. Sonja stand ziemlich aufgeregt da und ihr fehlten die Worte. Ein ziemlich schweres unterfangen stand ihnen bevor.

»Aber, wenn ihr nicht wollt, dann gehe ich alleine.«, sagte Frank spontan.

»Selbstverständlich, ist doch Ehrensache.«, erwiderte Tommy.

»Bist du auch dabei, Sonja!«

Erst zögerte sie ein wenig, aber dann willigte auch sie ein.

»Gut, ich bin dabei!«

Zuerst besprachen sie die Lage, wie sie vorgehen wollten.

»Ihr seht ja, wie es hier aussieht, seht euch mal um, ihr müsst aufpassen, wo ihr hintretet. »hier liegt überall lockeres Geröll herum und viel Geäst. »manchmal geht es steil nach unten und wir müssen viel klettern.«, erklärte Frank noch einmal.

»Frank, dass weiß ich und Sonja sicherlich auch, oder Sonja!«

»Natürlich!«

»Aber ich glaube so schlimm wird es nicht werden, die einheimischen müssen ja auch zu ihren Hütten kommen.«, meinte Frank noch hinterher.

Mit vereinten Kräften gingen sie los. Die Sonne stand senkrecht am Himmel. Immer wieder wischten sie sich den

Schweiß von der Stirn. Sie liefen durch Wälder und Wiesen. Die Tannen und Fichten waren so hochgewachsen, dass nie ein Sonnenstrahl die Erde berührte. Es zog eine leichte Brise auf, sehr angenehm für die drei. Dann kamen sie auf eine Lichtung. Sie sahen sich um.

»Bleibt mal stehen und seht euch mal nach rechts um, seht ihr von dort oben auf dem Berg sahen wir runter, hier irgendwo habe ich eine Hütte gesehen, es sah jedenfalls so aus vom Berg.«, meinte Frank.

»Wer weiß, was du gesehen hast!«, antwortete Tommy.

Sonja ging schon einige Schritte weiter und plötzlich rief sie:» He Leute ich habe etwas gesehen, kommt mal schnell her!«

Schnell eilten sie herbei und sahen hinter einer dichten Tanne eine Hütte stehen, um ragt von kleineren Tannen.

»Die sieht aber ziemlich verfallen aus, ich glaube nicht, dass dort Jemand ist.«, meinte Frank.

»Aber was ist, wenn sie dort drin ist, kann ja sein.«, erwiderte Sonja.

»Das werden wir herausfinden!«, antwortete Frank.

»Wir schleichen uns ganz vorsichtig heran, Tommy und Sonja, ihr kommt von der rechten Seite aus und ich von links. »tretet nicht auf morsches Holz, das kann man aus der Entfernung hören.«

»Hier liegen genug Äste herum, wir nehmen welche als Waffe.«, meinte Tommy.

»Was machen wir, wenn sie dort sein sollte und ihr Peiniger auch?«, fragte Sonja besorgt.

»Leute, nicht zu überstürzen, dann werden wir uns was einfallen lassen.«, sagte Frank. »wartet mal eine kleine Änderung, ich habe mir eben was überlegt. »Sonja, du bleibst hier und versteckst dich hier hinter einem Busch, Tommy und ich gehen alleine!«

»Ja gut, wenn ihr nicht wieder zurückkommt, dann weiß ich, dass was passiert ist, ich laufe so schnell ich kann ins Tal und hole die Polizei.«

Sonjas Herz schlug bis zum Hals und auch Tommy und Frank war nicht wohl bei dem Gedanken.

»Alles klar, auf geht's!«, meinte Frank.

Nun schlichen sie sich an. Aus der näheren Entfernung waren auf der Vorderseite zwei zerbrochene Fenster zu sehen, ansonsten war die Hütte in einem schlechten Zustand. Frank war schon weit genug dran um zu erkennen, dass dort Niemand drin war. Auch Tommy sah es, der unmittelbar auf der Rückseite der Hütte angekommen war. Dort trafen sie sich. Sie sahen sich kurz um, aber von Vanessa keine Spur. Enttäuscht gingen sie wieder zurück zu Sonja, die hinter einem Busch wartete. Dann kam Sonja aus ihrem Versteck hervor.

»Ihr habt sie nicht gefunden, schade!«

»Lasst uns nicht aufgeben, hier in der Nähe müssen sicherlich noch mehrere Hütten sein.«, erwiderte Frank.

»Ja, aber wo!«, antwortete Tommy.

»Weiter nach oben sind bestimmt noch Hütten, mir kam es so vor, als hätte ich mehrere gesehen, als wir oben auf dem Berg zum Feuer-brennen gegangen sind.«, meinte Frank.

»Ach, aus der Entfernung kann man das gar nicht sehen, du hast wohl eine Vatermorgana gesehen!«, erwiderte Tommy.

»Hört euch auf zu streiten, lasst uns lieber überlegen wie wir weiter vorgehen sollen, streiten bringt uns nichts.«, meldete sich Sonja dazwischen.

»Sonja hat recht, es ist unsere einzige Möglichkeit, die wir haben, sie doch noch zu finden, also machen wir uns auf den Weg und suchen die Gegend ab.«, erwiderte Frank.

Sie sahen schon ziemlich mitgenommen aus, ihre Verzweiflung stand ihnen im Gesicht geschrieben, Sonja lag bei Tommy im Arm und sie sah ziemlich fertig aus. Der einzige der noch klar bei Verstand war, war Frank. Sie ruhten sich noch eine Weile aus.

»Ich habe so ein Gefühl, als wären wir auf dem richtigen Weg.«, meinte Frank freudig erregt.

»Mal angenommen, wir finden sie, können wir gegen den oder die Täter überhaupt überstehen, was ist, wenn sie verletzt ist oder bereits tot, nur mal angenommen, was ist dann, Frank?«, meinte Sonja.

»Das habe ich mir auch schon überlegt, aber das werden wir sehen, wenn es soweit ist, Sonja du bleibst im Hintergrund und wenn es sein muss, dann musst du Hilfe holen.«

»Außerdem wissen wir doch gar nicht, ob sie hier überhaupt verschleppt worden ist, sie kann wer weiß wo sein, vielleicht laufen wir einer Vatermorgana nach, es sind alles nur Vermutungen. »vielleicht war alles umsonst!«

»Aber so dürfen wir nicht denken, wir dürfen die Hoffnung nicht aufgeben. »die Hoffnung stirbt angeblich zuletzt.«, meinte Tommy.

»Erst einmal müssen wir auch die Hütte finden, also machen wir uns auf den Weg.«, erwiderte Frank.

Dann zogen sie los, mehr oder weniger schnell. Sie durchkämmten jede Anhöhe und Grünfläche. Sie kletterten über einen

Berg, der nicht sehr hoch war, da hörten sie auf einmal das Plätschern eines Baches.

»Bleibt mal stehen, hört ihr das auch?«, fragte Frank.

»Ja, jetzt hör ich es auch, dass hört sich nach einem Bach an!«, erwiderte Sonja.

Vor ihnen war ein Bach zu sehen, es war ein kleiner wilder Bach, der vom Berg herunterfloss.

»Dort können wir uns frisch machen, ich habe schon wunde Füße, so ein frisches Bad kommt mir sehr gelegen.«, meinte Sonja.

Das nutzten sie aus um sich frisch zu machen.

»Das Wasser kannst du sogar trinken, es ist Quellwasser, dass kommt von den Bergen herunter.«, erklärte Frank.

»Frank, dass wissen wir auch!«, antworte Tommy.

»Ich muss mal pinkeln, ich komme gleich wieder!«, meinte Sonja.

Frank und Tommy genossen das kühle Nass und plätscherten im Wasser, bis Sonja zurückkam.

»He, ihr beiden, ich habe eine Hütte entdeckt, gleich hinter den Büschen.

»etwa 200 Meter in südlicher Richtung, gleich hinter den Büschen.«, sagte Sonja aufgeregt.

»Erstmal müssen wir feststellen ob sie auch dort ist, wenn sie dort sein sollte, dann musst du zurück ins Tal laufen und Hilfe holen. »findest du auch zurück, Sonja?«, fragte Frank.

»Ich glaube ja, aber sehen wir erst mal nach.«, antwortete sie.

»Wie wollen wir das anstellen! »wir kommen nicht ohne gesehen zu werden an der Hütte ran.«, meinte Tommy.

»Der Bach führt unmittelbar an der Hütte vorbei, durch das Schilf können wir uns im Wasser anschleichen, ohne gesehen zu werden.«, antwortete Frank.

»Das hört sich realistisch an, versuchen wir es!«, meinte Tommy mit zittrigen Knien.

»Ich habe kein gutes Gefühl dabei, seit bloß vorsichtig!«, erwiderte Sonja bedenklich.

Dann liefen sie los. Sie duckten sich und suchten Deckung im Bachverlauf. An den Seiten war es steinig und sehr rutschig. Durch das hohe Gras und Schilf konnte man sie nicht sehen. Sie rutschten immer wieder aus und klatschten ins niedrige Wasser. Sie hatten bereits mehrere Schürfwunden davongetragen. Sie kamen unmittelbar an der Hütte heran.

»Siehst du Tommy, wir haben es geschafft ohne gesehen zu werden.«

»Ja aber, wir wissen nicht, ob Jemand in der Hütte ist!«

Aber so einfach würde es nicht werden, als sie sich es dachten. Sonja beobachtete alles aus der Ferne und wartete nur auf ein Zeichen um Hilfe zu holen.

»Aber wie wollen wir es anstellen, wir können nicht einfach zur Hütte gehen und sagen Hallo! »wir sind es, wir wollen nur unsere Freundin abholen.«, meckerte Tommy.

»Tommy, wir werden erst mal abwarten und beobachten ob sich überhaupt etwas rührt.«

Sie warteten eine ganze Weile, aber nichts rührte sich, bis Frank eine Idee hatte.

»Ich werfe einen Stein auf die Hütte, dann werden wir ja sehen, ob dort Jemand ist. »hier liegen ja genug Steine herum.«

»Aber das ist viel zu gefährlich, wenn du einen Stein auf die Hütte wirfst und

Jemand dort drin ist, merkt derjenige sofort von wo der Stein geworfen wurde, dann sind wir richtig am Arsch!«

»Aber nicht, wenn wir uns sofort im Schilf verstecken. »lass es mich wenigstens versuchen!«

Die beiden sahen sich kurz an, dann nahm Frank einen Stein und schmiss ihn auf die Hütte. Schnell duckten sie sich im Schilf, doch nichts passierte. Sie waren ganz still, nur das Rauschen des Baches war zu hören. Frank kam mit dem Kopf hoch und sah zur Hütte.

»Tommy, ich glaube, ich habe einen Schatten am Fenster gesehen und die Gardine bewegte sich, ich bin mir ganz sicher!«

»Du hast wohl wieder eine Vatermorgana gesehen, ich habe nichts gesehen.«

»Wir werden ja sehen, ich werfe noch mal einen größeren Stein, so werden wir Gewissheit haben.«

Durch das Rauschen des Baches konnten sie sich frei bewegen, ohne dass man sie hören konnte. Frank schmiss einen größeren Stein genau aufs Dach der Hütte.

»Nun werden wir ja sehen, ob sich was bewegt.«

Er hatte es kaum ausgesprochen und plötzlich ging die Tür auf und ein Mysteriöser Mann trat heraus. Er sah sich nach allen Seiten um.

»Du Tommy, dass muss der Mann sein, wie in Vanessa beschrieb, Tätowiert bis zum Hals, er sieht auch ziemlich brutal aus.«

»Sie muss in der Hütte sein! »das glaube ich jetzt auch!«, meinte Tommy.

Den beiden stand die Angst im Nacken.

»Frank, ich lauf zurück und sage Sonja Bescheid, dass sie loslaufen soll um Hilfe zu holen, anschließend komme ich gleich wieder zu dir zurück.

Tommy kam wieder zurück. Der Mann aus der Hütte sah sich nach allen Seiten um, ging dann aber wieder in die Hütte zurück.

»Frank, was sollen wir machen, wie können wir feststellen, ob Vanessa dort auch drin ist?«

»Hoffentlich lebt sie noch, wir müssen was tun, lass mich nachdenken!«

»Sie lebt bestimmt noch, sonst wäre er bereits über alle Berge.«

»Tommy, wir müssen dort rein und sie befreien, ich habe eine Idee! »das wird dir aber nicht gefallen!«

»Was hast du vor?«

»Wir müssen ihn dort raus locken, ich besorge mir einen Knüppel, hier liegen ja genug davon herum. »ich werde wieder einen Stein auf die Hütte werfen und sobald er rauskommt, läufst du los, sodass er hinter dir herläuft.

»Du bist wohl blöd, ich lass mich doch nicht umbringen!«

Tommy packte sich vorm Kopf und zeigte ihm einen Vogel.

»Tommy, dass ist die ein zigste Chance, dir wir haben, eine andere Möglichkeit gibt es nicht. »er läuft bestimmt nicht lange hinter dir her, du musst aber sehr schnell sein. »sobald du losgelaufen bist, werde ich in die Hütte laufen und Vanessa dort rausholen, sofern sie auch drin ist.«

Tommy überlegte lange und schließlich willigte er ein.

»Was soll's, so machen wir es!«

Frank besorgte sich einen Knüppel.

»Bist du bereit Tommy? »lauf zehn Meter weiter von hier, dann hast du einen kleinen Vorsprung!«

Dann schmiss Frank einen Stein, der genau ins Fenster traf und die Scheibe zu Bruch ging. Dann stürmte der mutmaßliche Täter aus der Hütte, in dem Moment rannte Tommy so schnell er konnte davon. Als der Täter Tommy wegrennen sah, lief er sofort hinter ihm her.
»Wenn ich dich kriege, bist du tot!«, schrie er.
Das nutzte Frank aus und rannte in die Hütte hinein. Dann sah er Vanessa gefesselt am Boden liegend und den Mund zugeklebt. Sie hatte überall Blessuren davongetragen, er muss sie brutal geschlagen haben, soweit er es im Moment der kurzen Zeit sehen konnte. Er bückte sich über ihr. Er riss ihr das Klebeband vom Mund ab.
»Vanessa, hörst du mich?«

Aber sie konnte ihn nicht hören, sie war bewusstlos, er musste sie sehr gequält haben, aber soweit er sehen konnte hatte er sie wohl nicht vergewaltigt. So sah es jedenfalls aus. Gerade als er ihre Fesseln aufmachen wollte, hörte er laute Schritte auf die Hütte zukommen. Er versteckte sich hinter der Tür, den Knüppel zu ausholen bereit. Das war die Gelegenheit ihn außer Gefecht zu setzen. Ihm standen Schweißperlen auf der Stirn und er zitterte am ganzen Körper. Er hob den Knüppel an, sodass er zuschlagen konnte. Dann trat der Täter langsam durch die Tür und zog ein Messer. Er sah, dass man sie befreien wollte, dann trat er durch die Tür, in dem Moment schlug Frank zu, doch er traf nur seinen Arm. Schmerzverzerrt ließ er das Messer fallen und viel zu Boden. Frank wollte ihm noch eins überziehen. Grade als er zuschlagen wollte, stand er schnell auf und verpasste Frank einen linken Haken, sodass er zu Boden fiel, dabei ließ er den Knüppel fallen. Nun begann ein heftiger Kampf. schnell stand Frank wieder auf.

»Du kleiner Spinner, du willst mich fertigmachen, da musst du aber früher aufstehen! »ihr seid tot!«

Dann bekam Frank eine Kopfnuss zu spüren, sodass er erneut zu Boden fiel. Gerade als er sich auf Frank stürzen wollte, sah er das Messer am Boden liegen. Blitzschnell nahm er das Messer und stach ihn ins linke Bein, sodass er rückwärts mit dem Hinterkopf auf die Tischkante fiel. Regungslos fiel er zu Boden. Das war das Glück für Frank. In dem Moment kam auch Tommy zur Hütte herein.

»Mein Gott, was ging hier den ab, ach du Scheiße!«

Als er das sah, legte er seine Hände über den Kopf zusammen. Schmerzverzerrt stand Frank Blutüberströmt vom Boden auf.

»Ist dir was passiert Frank und was ist mit Vanessa, lebt sie noch?«

Frank erholte sich ein wenig von dem Kampf.

»Ja, sie lebt noch, aber sie ist schwer verletzt.»Tommy, wir müssen ihn fesseln, bevor er wieder zu sich kommt.«

In der Hütte hatte der Täter Klebeband hinterlassen, schnell schnürten sie ihn damit ein, sodass er sich nicht befreien konnte.

»So du Mistkerl, hoffentlich bekommst du deine gerechte Strafe.«, meinte Frank.

»Jetzt kümmern wir uns erst einmal um Vanessa!«, sagte Frank.

Langsam kam Vanessa zu sich, als sie Frank und Tommy sah fing sie bitterlich an zu weinen. Schnell schnitten sie ihre Fesseln durch und Frank nahm sie gleich in den Arm. Sie konnte es kaum glauben, dass die beiden sie befreit hatten. Nur allmählich wurde ihr bewusst, in was für eine Lage sie sich befand. Mit großen Augen sah sie Frank an. Er wischte ihr die Tränen aus dem Gesicht.

»Jetzt bist du ja in Sicherheit, hör auf zu weinen! »was hat er dir nur angetan, der Mistkerl!«, meinte Frank wütend.

»Aber wo ist Sonja, ich sehe sie nicht!«

»Sonja holt Hilfe, sie ist ins Tal gelaufen, ich hoffe, dass sie die Polizei mitbringt.«, erklärte Tommy.

»Was hat er nur mit dir gemacht!«, fragte Frank.

»Er hat mich hierher verschleppt und mich immer wieder geschlagen und mir gedroht, dass er mich umbringen wolle!«

»Zum Glück kamen wir ja rechtzeitig!«

Frank strich ihr durchs Haar und drückte sie fest an sich.

»Ich habe euch ja bereits auf dem Fest gesagt, dass ich ihn dort vermutet habe, aber ihr glaubtet mir ja nicht.«als ich dann zur Toilette gegangen bin, muss er mich abgefangen haben.»er muss mich beobachtet und erkannt haben und nur auf eine günstige Gelegenheit gewartet haben.»es war so furchtbar, ich will nur weg von hier.«

Tommy ging zur Tür und hörte aus der Ferne die Rotoren eines Hubschraubers. Schnell ging er wieder zurück.

»Da kommt ein Hubschrauber, Sonja hat es geschafft!«, sagte Tommy stolz. Endlich traf die Polizei ein und Sonja war mit im Hubschrauber. Sofort wurde der Täter verhaftet und Vanessa und Frank wurden vom Notarzt versorgt. Dann erzählte Vanessa, wie sich alles zugetragen hatte.

Sie hatten noch einmal Glück im Unglück gehabt. Der Täter bekam seine gerechte

Strafe. Frank war in Vanessas Augen ein Held. Die nächsten Tage vergingen ohne dass etwas Nennenswertes passiert war. Vanessa erholte sich schnell wieder und wollte von dem allen nichts mehr wissen. Sie saßen mal wieder gemütlich in einem Straßen Café und prompt hatte Frank mal wieder eine Idee.

»Wisst ihr noch, was ich euch erzählt habe über den Wilden Kaiser!«, fragte Frank.

Sie sahen sich alle an und fassten sich vorm Kopf.

»Frank, dass hat schon einen langen Bart!«, meinte Vanessa.

»Nein, nein, ganz was Anderes, ihr wisst doch noch, was wir mal vorhatten, fällt euch nichts dazu ein?«, erwiderte Frank.

»Ja, ich weiß, was du meinst, das machen wir ja auch noch, aber wir müssen auf Vanessa Rücksicht nehmen, sie ist noch nicht soweit um weitere Aktionen zu starten.«, meinte Sonja.

Vanessa dachte kurz nach.

»Auf mich braucht ihr keine Rücksicht nehmen, ich fühle mich großartig, ich bin schon wieder soweit!«

»Traust du dir das wirklich zu, dass wird eine Strapaze für dich und für uns.«, meinte Sonja.

Ob Vanessa schon so weit war, nach allem was gewesen war, wusste sie wohl selber nicht, sie tat jedenfalls so. Oder sie wollte es sich nicht anmerken lassen. Sie hatte wieder einen Glanz in ihren Augen, wie am Anfang ihrer Begegnung.

»Frank, ich bin wirklich soweit, ein neues Abenteuer zu überstehen, glaube es mir bitte!«

Frank stand vom Stuhl auf und ging zu ihr und nahm sie in den Arm.

»Süße, ich glaube es dir ja!«

In den nächsten Tagen bereiteten sie sich eifrig auf ihre große Tour vor. Alle waren beeindruckt von der Entschlossenheit Vanessas. Alles schien nach Plan zu laufen und der Tag des Aufbruchs stand bevor. Das Wetter war durchwachsen und nicht zu warm, so richtig zum Wandern. Das sollte sich allerdings ändern. Sie waren schon eine Weile unterwegs, als sie von Ellmau aus in die Wand steigen wollten, zogen dicke Regenwolken auf.

»Es fängt jeden Moment an zu regnen, ich glaube, dass wird heute nichts mit dem klettern, dass wird zu gefährlich.»ich mache euch einen anderen Vorschlag.»wir umgehen den Wilden Kaiser und machen uns auf dem Weg zum weit aus ungefährlichen Zahmen Kaiser.«, sagte Frank besorgt.

»Du hast recht!«, antwortete Tommy und sah dabei die Mädels an.

Sonja und Vanessa zuckten mit den Schultern. Es hatte zumindest den Anschein, dass ihnen das nicht ungelegen kam.

»Na gut, so machen wir es!«, erwiderte Vanessa.

So zogen sie los. Ihnen standen lange Fußmärsche bevor. Von Ellmau aus ging es nach Kirchdorf und weiter zur Griesener Alm. Dort wurden Vorräte eingekauft.

»Mein Gott, ist das herrlich hier! »diese Aussicht! »atemberaubend!«, schwärmte Vanessa.

»Ja, du hast recht, wunderbar hier!«, erwiderte Frank und umarmte sie dabei.

Vanessa drehte sich um und rief Tommy und Sonja zu sich.

»Kommt mal her ihr beiden, geniest diesen Ausblick!«

»Ja, es ist wirklich schön hier!«, erwiderte Tommy mit einem Grinsen auf den Lippen.

»Wollen wir noch länger hierbleiben und weiter schwärmen.«, lästerte Sonja.

»Ach, lasst uns doch noch ein bisschen bleiben!«, schwärmte Vanessa.

»Vanessa hat recht, wir sollten hierbleiben, bis der Regen vorbei ist.«, meinte Frank.

»Aber es regnet ja noch gar nicht!«, erwiderte Tommy.

»Jetzt noch nicht, aber bald!«, meldete sich Sonja dazwischen.

»Na gut, dann lasst uns was essen und trinken, setzen wir uns in die Gaststube.«

Sie sahen zum Himmel und plötzlich zog sich der Himmel zusammen, dunkle Wolken rieben einander und entleerten sich. Es war wieder mal ein Schauspiel der Extraklasse. Allmählich lies der Regen wieder nach und es klärte sich auf.

»So jetzt können wir weiter, das Wetter wird besser!«, sagte Frank.

Dann standen sie auf und wanderten weiter.

»Jetzt fängt es doch wieder an zu regnen!«, regte Frank sich auf.

»Wir haben eben Pech, aber egal!«, meinte Vanessa.

Viele Stunden waren sie schon unterwegs und es regnete ununterbrochen. Das nasse erschwerte das Laufen, es war zudem sehr glitschig. Sie konnten kaum noch einen Fuß vor den anderen setzen. Frank schaute auf seine Wanderkarte uns sagte: »Seht mal, hier in der Nähe muss eine Hütte sein, dort können wir übernachten, es ist schon ziemlich spät und bald wird es dunkel.»dort warten wir, bis das Wetter besser wird.

»Seht mal, dort ist die Hütte!«, sagte Frank.

»Endlich haben wir es geschafft, ich bin schon ziemlich durchnässt und muss meine Sachen wechseln.«, meinte Vanessa.

Klatschnass und völlig fertig kamen sie dort an.

»Hier irgendwo muss der Schlüssel sein, aha, hier unterm Stein liegt er.

Dann traten sie ein, hier roch es ziemlich muffig, es war wohl schon wochenlang keiner mehr hier gewesen sein.

»Ich öffne erst mal die Fenster!«, erwiderte Tommy.

Frank legte Holz auf den Kamin und entzündete ein Feuer. Dann zogen sie sich um und trockneten ihre Sachen. Die Mädels reinigten kurz den Raum und dann wurde es gemütlich. Nachdem sie sich ein wenig erholt hatten, erzählten und lachten sie, bis die Nacht hereinbrach.

»Tommy, weißt du schon wo ihr schlafen wollt, oben oder unten!«, fragte Frank.

»Natürlich unten, wenn ihr nichts dagegen habt!«

»Vanessa, Sonja, ist das in Ordnung für euch?«, fragte Frank.

»Ja, geht in Ordnung!«, antworteten sie.

Es war alles ruhig, bis auf Frank, er wollte noch ein bisschen schmusen.

»Vanessa, bist du noch wach!«

Er küsste sie auf dem Mund und strich mit seiner Hand über ihren Busen.

»Frank hör auf, lass das sein, ich will schlafen!«

Sie drückte ihn weg und drehte sich um. Er legte sich wieder auf den Rücken und die Arme hinter dem Kopf verschränkt.

»Na ja, dann eben nicht!«

Es dauerte nicht lange bis auch er eingeschlafen war. Tommy und Sonja schliefen schon tief und fest. Als sie am Morgen erwachten, war strahlender Sonnenschein. Nach dem Frühstück überprüften sie noch einmal ihre Ausrüstung und versorgten ihre Blessuren. Dann wurde das weitere Vorgehen besprochen.

»Heute wandern wir zu einem Wildbach auf der anderen Seite des Zahmen Kaisers.»ihr werdet staunen, was das für ein Erlebnis wird.»ich war allerdings noch nie dort.»soweit ich es auf der Karte erkennen kann, müssen wir durch ein sperriges Waldgebiet mit vielen Schluchten.»ihr müsst aufpassen wo ihr hintretet.«, erklärte Frank.

Frank war wieder in seinem Element der Redekunst.

»Frank, nun halt mal wieder die Luft an, du redest schon wieder wie ein Wasserfall.«, erwiderte Tommy.

Vanessa hielt ihm kurz den Mund zu.

»Vanessa, was soll das, ich muss euch doch darauf hinweisen, wie es weitergeht.«

»Ist ja gut, lasst uns aufbrechen!«, meinte Sonja.

Froh gelaunt wanderten sie weiter und durchquerten das Waldgebiet ohne größere Probleme. Nun standen sie plötzlich vor einem Abgrund. Hier ging es steil nach unten, sie konnten sich keinen Fehltritt leisten, sonst würden sie in der Tiefe verschwinden ohne jemals gefunden zu werden.

»Bleibt mal stehen, wir müssen hier rüber springen, uns bleibt keine Wahl.» Nach meiner Einschätzung sind es höchstens 1,50 Meter. »das schaffen wir doch, oder?«, fragte Frank besorgt.

»Vanessa, Sonja, traut ihr euch das zu?«, fragte Tommy.

»Ja, ich denke schon, dass schaffen wir, nicht war Sonja!«

»Ja, ich denke schon!«

Tommy und Vanessa sprangen problemlos auf die andere Seite. Plötzlich hatte Sonja Probleme, sie sah in die Schlucht. Frank musste ihr Mut zusprechen.

»Sonja, du darfst nicht nach unten sehen, ich werde dich anseilen, dann brauchst du keine Angst zu haben und Tommy werfe ich das Seil rüber.« Sie nahm Anlauf und kurz vorm Absprung rutschte sie weg und viel zwei Meter in die Schlucht, dabei prallte sie gegen die Felswand. Geistesgegenwärtig zog Tommy das Seil sofort stramm. Schnell sprang Frank auf die andere Seite und kam Tommy zur Hilfe. Mit vereinten Kräften zogen sie Sonja wieder nach oben.

»Bist du O.K.«, fragte Frank.

»Ja, mir geht es gut, ich habe nur ein bisschen Kopfschmerzen und ein paar Schürfwunden am Bein. »ich danke euch!«, antwortete sie.

»Wahnsinn, dass ist ja noch mal gutgegangen, ich hatte schon mit dem Schlimmsten gerechnet. »wir machen erst mal eine Pause. »ich sehe mir mal dein Bein an.«, sagte Frank besorgt.

Er sah ihr Bein an, doch gebrochen schien nichts gewesen zu sein. Er legte ihr ein Verband an und stützte sie.

»Vanessa, du hast wahrscheinlich eine Prellung! »halte durch, es ist nicht mehr weit, bis zum Wasserfall, ich kann schon ihn schon hören.«

»Kannst du laufen!«, fragte Tommy.

»Ja, es geht schon wieder!«

Endlich hatten sie Qualvoll ihr Ziel erreicht. Ein Ohrenbetäubender Lärm kam ihnen entgegen.

»Geht aber nicht zu nah an den Abgrund!«, rief Frank seinen Begleitern entgegen, die neugierig sich das Spektakel angesehen haben.

Etwa 20 Meter ging es steil nach unten. Glitschige Felsen überragten den gesamten Wildbach. Das brodelnde Wasser klatschte gegen die Klippen, als würden sie zerspringen. Sprachlos sahen sie sich an und dachten, es wäre der Eingang zur Hölle.

»Kommt lasst uns lieber von hier verschwinden, bevor noch etwas passiert.«, sagte Tommy mit ernster Miene.

An einer nahegelegenen schlugen sie ihr Lager auf. Müde von den Strapazen und Ereignissen der letzten Stunden schliefen sie bald ein. Es war am frühen Morgen, als Frank plötzlich wach wurde. Er ging zu Tommy und Sonjas Zelt und öffnete es.

»Tommy, wach auf, mir war so, als hätte ich einen Schrei gehört!«

»Was, wie, einen Schrei, ich habe nichts gehört!«

In dem Moment kam auch Sonja aus dem Zelt gekrochen.

»Was ist denn los!«, fragte sie aufgeregt.

»Mir war so, als hätte Jemand geschrien!«, antworte Frank.

»Hast du nach Vanessa gesehen, ob sie noch schläft?«, fragte Tommy.

»Ich habe nicht drauf geachtet, ob sie neben mir lag.«

»Ich sehe mal nach Vanessa, ob sie schon wach ist!«

Sie ging zum Zelt und wollte sie wecken. Aufgeregt kam sie zurück.

»Oh nein, sie ist nicht im Zelt!«

Plötzlich waren alle hell Wach. Verzweifelt suchten sie die Gegend ab. Doch von Vanessa keine Spur. Frank hatte einen furchtbaren Verdacht und sagte: »hoffentlich ist sie nicht zum Wildbach gegangen!«

Sonja meinte: »es gibt wohl keine andere Möglichkeit mehr, wo könnte sie sonst sein, wenn nicht dort!«

»Du hast vermutlich recht!«, sagte Tommy.

»Vorher müssen wir uns erst vergewissern, ob sie dort auch hingegangen ist, vielleicht machen wir uns ja umsonst Gedanken.«, meinte Frank.

Sie teilten sich auf und suchten in der unmittelbaren Umgebung des Wildbaches nach ihr. Doch sie blieb vom Erdboden verschwunden.

»Es hilft nichts hier oben noch weiter zu suchen, ich muss die Klippen hinuntersteigen und sie dort suchen.«

»Ich werde weiter am hinteren Teil des Wildbaches suchen.«, meinte Sonja.

»Tommy, du sicherst mich mit dem Seil!«
»Willst du draufgehen? »aber du musst es ja wissen, passt bloß auf dich auf.«
Frank traute sich allerhand zu, doch so eine gefährliche Aktion führte er noch nie durch. Dann seilte er sich ab und Tommy legte das Seil um einen Baum, der nahe am Abgrund stand. Unter Frank brauste und tobte die tosende Gischt. Er war schon weit nach unten gekommen.
»Tommy, gib mir mehr Seil!«, rief er ihm zu und zog an der Leine.
Doch das Seil verklemmte sich zwischen den Felsen und er hörte seine Rufe nicht mehr. Er wusste nicht mehr was er machen sollte und klickte den Karabiner Haken aus. Je weiter er nach unten kletterte, umso lauter wurde es. Er versuchte zwischen den glitschigen Felsen und dem tosenden Wasser durchzukommen. Plötzlich konnte er sich nicht mehr halten

und rutschte weg und fiel in die tosende Gischt. Mehrere Meter wurde er hin und her geschleudert, bis er einen herumschwimmenden Baumstamm greifen konnte. Inzwischen war Tommy am Verzweifeln, er konnte ihn nicht mehr helfen und hatte keinen Kontakt mehr zu Frank. Er beschloss auf Sonja zu stoßen, die weiter unterhalb des Wildbaches suchte.

»Sonja, hast du etwas gesehen, ich habe Tommy verloren, ich habe keinen Kontakt mehr zu ihm gehabt, dass Seil hat sich wohl verfangen.«

»Oh Gott, dass ist ja furchtbar, hier in der Nähe ist auch nichts zu sehen.«

Frank quälte sich weiter durch den Wirrwarr von Gestein und Wassermassen. Dabei schlug er sich das linke Knie auf und hatte sich schon zahlreiche Schürfwunden zugezogen. Wenn es noch einen Funken

Hoffnung gab, Vanessa doch noch zu finden, musste er durchhalten. Doch der Druck des tosenden Wassers war so stark, dass er sich nicht mehr halten konnte. Er rutschte weg, als er auf einem Felsen springen wollte. Das brodelnde Wasser riss ihn 20 Meter weiter durch die engen Schluchten. Er hatte schon so viel Wasser geschluckt, dass er fasst ertrunken wäre. Nun war er am Ende seiner Kräfte. Nur mit äußerster Willenskraft hielt er durch. Seine Hände und Beine waren aufgerissen von den scharfen Kanten der Felsen. Sein Magen war voll von dem übelriechenden Wasser. Er wollte schon aufgeben, da sah er in einer Felsnische einen Schuh eingeklemmt stecken. Ihm war so, als wäre es Vanessas Schuh. Er war sich ganz sicher. Das gab ihm neuen Mut um nicht aufzugeben. Die Schlucht wurde immer undurchdringlicher, nur mit viel Mühe kam

er durch. Plötzlich wurde das Wasser ruhiger und er rutschte vom Felsen ab und stand plötzlich vor einem Wasserfall. Er rutschte durch und landete in einer kleinen Grotte. Als er wieder raus wollte, sah er zwischen den rumschwimmenden Ästen einen leblosen Körper liegen. Als er näher kam traute er seinen Augen nicht, es war tatsächlich Vanessa. Sie war übel zugerichtet und hatte überall tiefe Wunden. Er beugte sich über ihr und rief: »Vanessa, kannst du mich hören?«
Sie wollte was sagen, doch sie bewegte nur kurz ihre Lippen und war sofort wieder ohne Bewusstsein.
»Ich hole dich hier raus, dass verspreche ich dir, halte durch!«
Die Grotte hatte einen schmalen Ausgang, hier endete der reißende Bach und floss ins seichte Wasser über. Er stand auf und nahm sie über die Schulter und brachte sie

ans rettende Ufer. Völlig erschöpft legte er sie ab und blieb selbst liegen. In dem Moment tauchten auch Tommy und Sonja auf und eilten zur Hilfe.

»Du hast sie gefunden, Gott sei Dank, lebt sie noch?«, fragte Sonja ungeduldig.

»Was ist mit dir Frank, bist du in Ordnung?«, fragte Tommy aufgeregt.

»Ja, ich bin nur ein bisschen demoliert, sonst fehlt mir nichts. »Aber Vanessa ist wohl schwer verletzt!«

Sie beugten sich zu Vanessa runter, doch sie war nicht ansprechbar. Frank setzte sich zu ihr und nahm ihren Kopf auf seinen Schoß. Dabei vergoss er ein paar Tränen.

»Was machen wir bloß, sie muss schnellstens ins Krankenhaus, sonst wird sie nicht überleben.«, meinte Frank.

»Aber wo sollen wir Hilfe holen, wir sind weit weg von der Zivilisation.«, erwiderte Tommy.

»Einer von uns muss zurücklaufen und Hilfe holen!«, meinte Sonja.

»Aber das dauert zu lange, in der Zeit ist sie längst gestorben, du siehst doch, wie sie aussieht, sie ist doch schon halbtot.«, meinte Frank weinerlich.

Die Lage schien aussichtslos zu sein, sie wussten sich keinen Rat mehr.

Die Verzweiflung stand ihnen im Gesicht geschrieben.

»Ich laufe los, ich werde Hilfe finden!«, erwiderte Tommy.

Gerade als er loslaufen wollte, sahen sie in der Ferne, dass ein Förster auf sie zukam, der alles beobachtet hatte.

»Ja, was ist denn passiert?«

Er traute seinen Augen nicht, als er sie dort liegen sah. Sie erzählten ihm wie sich alles zugetragen hatte.

»Sie schickt uns der Himmel!«, sagte Frank.

Weil der Förster ein Funkgerät bei sich hatte, forderte er ein Rettungsteam an.
Als der Förster sich über ihr beugte, staunte er nicht schlecht.
»Das ist ja Frau Sörensen, ich habe ihr schon einmal das Leben gerettet!«
Sie waren alle erstaunt.
»Ja woher kennen sie sie!«, fragte Frank.
»Na, als sie sich damals verlaufen hatte und sie Missbraucht wurde, hatte ich ihr schon geholfen, ohne mich wäre sie bereits tot.«
In dem Moment kam Vanessa wieder zu sich.
»Mein Schatz, wie geht es dir, bist du O.K!«
»Mir geht es beschissen, lebe ich noch oder bin ich schon tot!«
»Willkommen im Leben!«, sprach der Förster.

»Was machen sie denn hier, haben sie mich schon wieder gerettet?«

»Langsam wird es zur Routine, dass ich sie immer retten muss!«

»Vielen Dank, Herr Förster!«

Endlich traf ein Rettungsteam mit dem Helikopter ein. Sofort bekam sie etwas gegen die Schmerzen. Der Notarzt stabilisierte sie so gut es ging, um sie transportfähig zu machen. Soweit er sagen konnte, hatte sie eine schwere Gehirnerschütterung, dass linke Bein war angebrochen und mehrere Rippen. Sie wurde sie ins nächst gelegene Krankenhaus geflogen, wo sie noch drei Monate verbrachte. Die drei besuchten sie so oft sie konnten im Krankenhaus. Sie saßen rund um ihr Bett in gemütlicher Runde, sie erzählte wie sich alles zugetragen hatte.

Es wurde schon hell, weil ich nicht mehr schlafen konnte, wollte ich mir unbedingt den Wildbach aus der Nähe ansehen. »als ich in den Abgrund sah, wurde mir auf einmal schwarz vor Augen. »dann rutschte ich auf einmal weg und fiel Kopfüber in die tosende Gischt. »zum Glück bin ich nicht auf einen Felsen aufgeschlagen, sondern steil nach unten in die tosende Gischt gerissen. »mir kam es vor, als säße ich in einer Achterbahn. »ich musste das Bewusstsein verloren haben, ich kam kurz wieder zu Bewusstsein, als Frank mich fand. »ich möchte mich bei euch allen bedanken, dass ihr mir das Leben gerettet habt, ganz besonders bei dir Frank!«
»Du hattest großes Glück und bist am Leben!«
Tommy lächelte und sagte: »dieses Abenteuer wird wohl keiner mehr vergessen.«

Sie fingen alle an zu lachen. Vanessa wurde wieder völlig gesund. Sie bleiben alle zusammen und nach zwei Jahren wiederholten sie das Abenteuer und bestiegen erfolgreich den Wilden Kaiser.

Herstellung und Verlag:
BoD - Books on Demand, Norderstedt
ISBN 978-3-7431-9298-0